KB263933

셀
라

셀 라
selah סלה

최은묵 그림시에세이

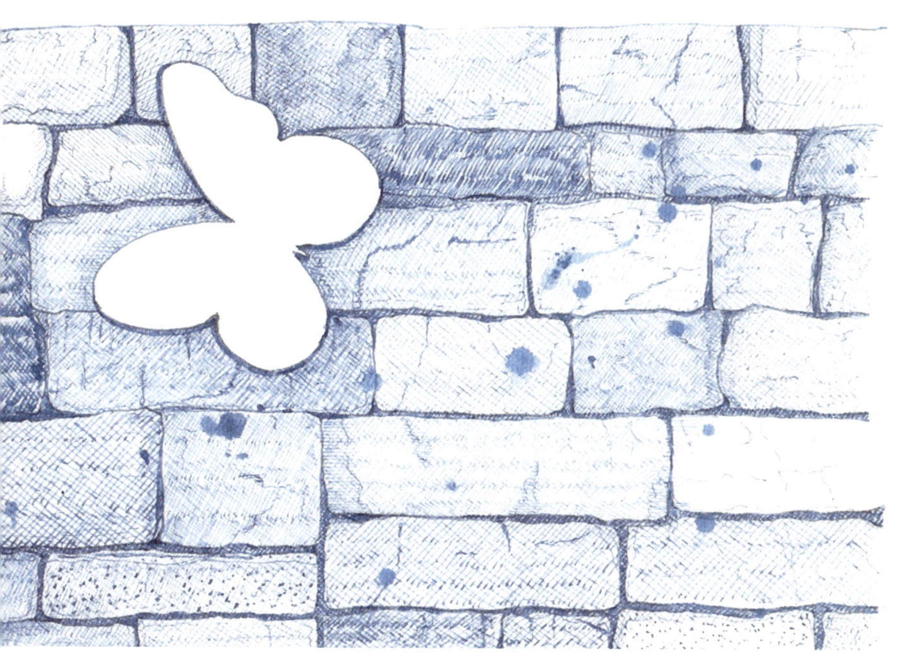

시인의일요일

잠시 멈춰 보는 곳마다
함께 휴식이면 좋겠습니다.

2025년 얼추 가을
최은묵

차례

여는 글

1부

길은
바라보는
것이다

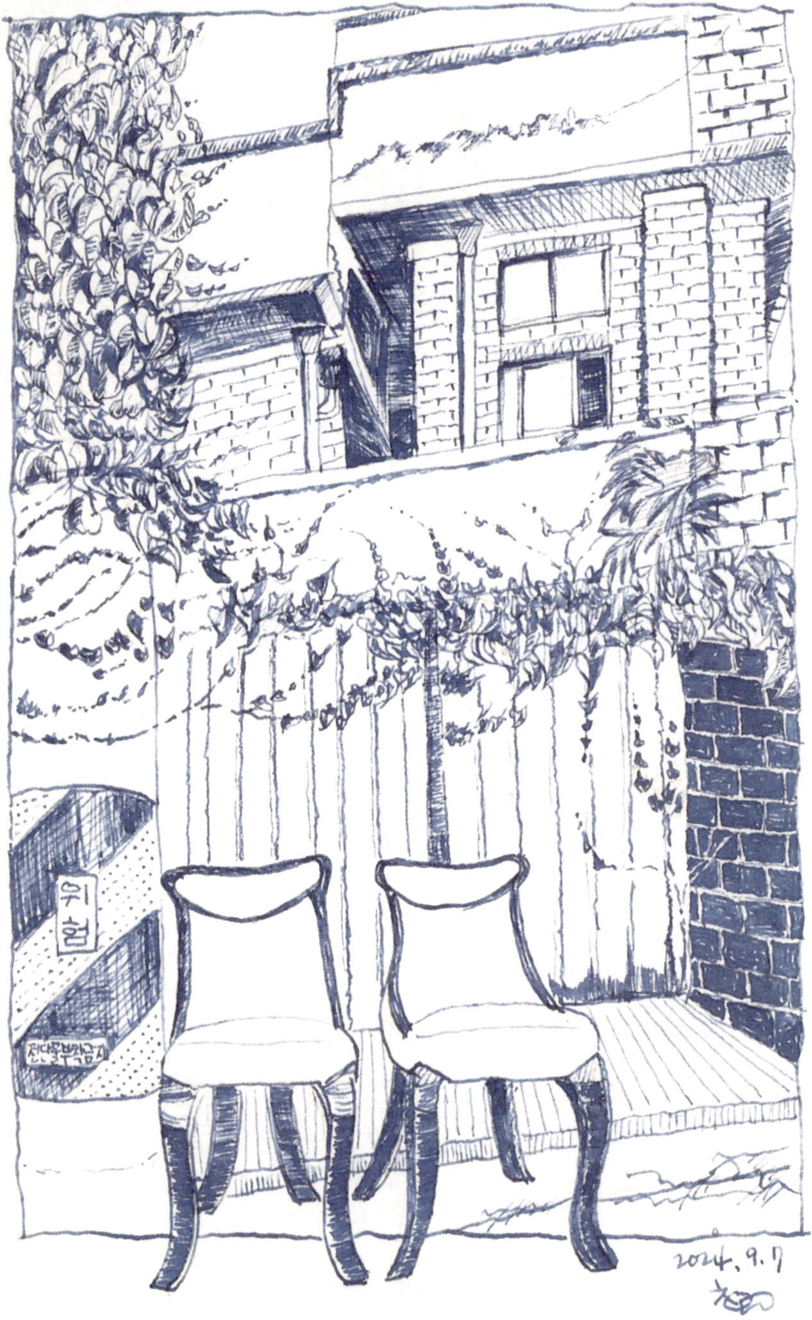

위 험
2024. 9. 7

동
네
풍
경

앉으면,

　바람도 그늘도 오가던 발소리도 노부부
느린 웃음도

부스러질까 봐

추석 앞둔 오후
눈빛마저도 조심스레 내려놓는,

#빈자리가 유독 시린 날이 있다.

산책

다니던 길은 익숙하고 편안하다. 애써 주위를 살피지 않아도 몸이 기억하는 방향은 틀림없다. 그곳이 먼 길이든 동네이든 반복되는 경로를 정답처럼 여기는 까닭은 경험에서 얻은 가치이기 때문이다.

바쁠 일도 아닌데 착점만 생각하며 움직였다. 탁구장에 갈 때도 마트에 갈 때도 매번 같은 길로 다녔다. 그러다 문득 다른 길을 생각한 건 익숙함이 주는 싫증도 아니고, 낯선 길이 주는 호기심도 아니고, 단순히 그래보고 싶었을 뿐이었다.

목적을 두고 움직인다는 건 사람을 긴장시킨다. 동네에서만은 일상의 경직에서 벗어나도 좋을 일이다. 무심했던 주변을 두리번거리거나 잠시 멈춰 느껴보는 일도 괜찮은 재미를 줄 거라는 판단은 틀리지 않았다.

딱히 산책이라 말하기도 애매한 걸음이다. 공기 좋은 숲길도 아니고 천변의 보행로도 아니고, 동네 골목을 어슬렁거리는 데 딱히 목적은 없어도 좋다. 골목은 많고, 이 골목 저 골목을 다니다 보면 그림이 그려진 담장, 칠이 벗겨진 대문, 감나무, 석류나무, 유행 지난 자전거, 재활용품, 빈 화분같이 사람 냄새 짙은 것들이 널려 있다.

사실 이런 모습은 늘 다니던 길에서도 볼 수 있는 것들이다. 나와 상관없다고 흘려보내거나 익숙해서 눈길이 가지 않던 것들을 빠르게 지나쳤을 뿐이다. 걸음은 과정도 소중하다. 착점까지 가는 길에서 마음 끄는 이미지를 만났을 때 잠시 멈춰 바라보는 일도 산책이 아닐까.

오늘은 어느 골목을 걸어볼까? 딱히 방향이나 목적을 정하지 않아도 상관없다. 어제와 같은 길이어도 좋고, 어제와 다른 곳이어도 좋다. 길은 걷는 게 아니라 보는 것이기 때문이다.

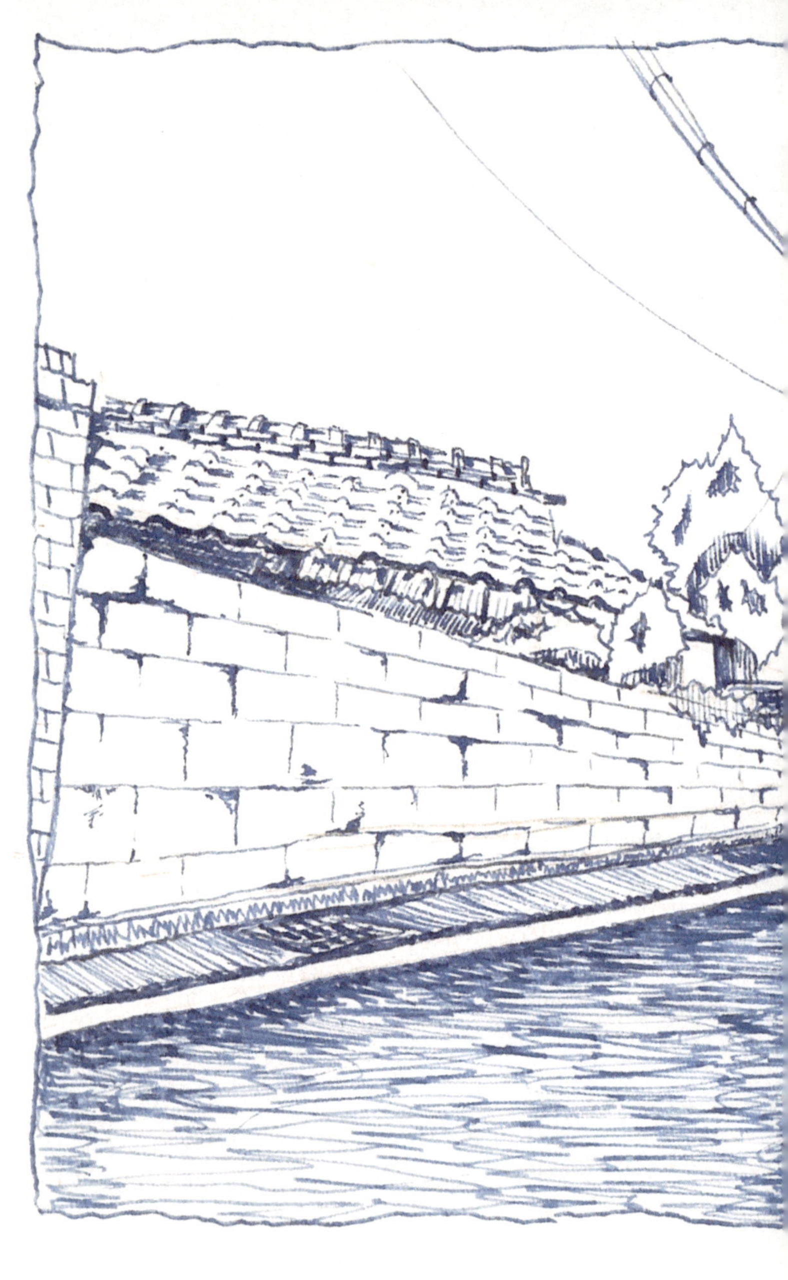

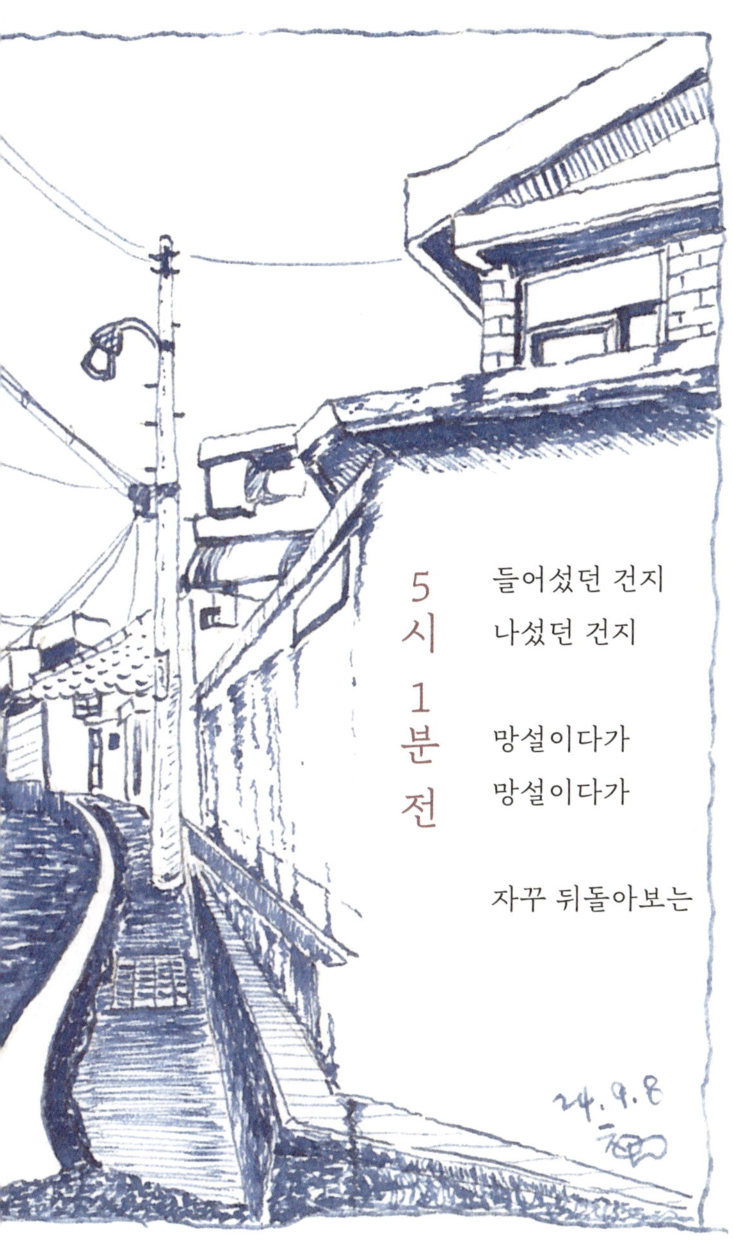

5시 1분 전

들어섰던 건지
나섰던 건지

망설이다가
망설이다가

자꾸 뒤돌아보는

#무엇을 버리고 무엇을 취해야 할까?

경계에 서서

휴일 오전에 공원까지 걸어가는 건 습관일 뿐 탈출은
아니다. 대문을 나와 집과 골목을 번갈아 본다. 풍광이 까
닭 없이 낯설다.

담장과 담장의 폭만큼이 골목이다. 출구를 찾는 미로
게임을 시작하듯 발을 딛는다. 담이 좌우에서 서서히 간
격을 좁혀온다. 이런 느낌은 오래된 옆집이 떠나고 50대
후반으로 보이는 부부가 새로 이사를 온 후부터 시작되
었다.

옆집 담장을 벽이라고 느낀 이유는 명확하지 않다. 이
사 첫날 옆집 부부는 밖으로 나와 담장에 그려진 그림을
모두 지웠다. 동네 아이들이 골목 담벼락에 그려놓은 낙

서였다. 물론 저 낙서 중에는 조카가 어렸을 때 그려놓은 그림도 있었다.

처음에는 동네 사람들도 아이들을 혼냈으나 시간이 지나면서 꼬마들의 낙서를 모르는 체했다. 몰려다니며 저지르는 탓에 누구 하나를 꼬집어 야단치는 게 쉽지 않았겠지만, 그 이면에는 제 아이를 감싸려는 마음도 한몫 작용했을 터였다.

나도 어렸을 때부터 낙서를 좋아했다. 어른이 된 후에도 연습장이나 철 지난 잡지에 생각나는 대로 그림을 그리곤 했다. 낙서는 무엇이든 맘껏 만들 수 있는 요술이었다.

요술을 부리듯이 아이들은 어른보다 빨리 자랐다. 유치원에 다니는 줄 알았던 동네 꼬마는 어느새 초등학교 2학년이다. 훌쩍 지나가는 아이들의 시간을 고스란히 간직하고 있는 담장. 아이들에게 담장은 도화지다. 담장에 그림을 그리는 순간 옆집과 옆집의 경계는 허물어진다. 꼬마들에게 벽은 영역을 표시하는 경계선이 아니라 어울려 노는 마당이었다.

옆집이 새로 이사 온 후 골목의 낙서는 더 이상 늘지 않았다. 통장과 반장을 찾아다니는 옆집 아주머니의 거침없는 행동에 결국 아이를 키우는 집마다 경계령이 떨어졌다. 그렇다고 이미 칠해진 낙서를 지우거나 담벼락을 새로 칠하지는 않았다. 옆집 아주머니는 그게 늘 불만이었다.

담벼락 길게 이어진 낙서는 큰길에서 끊겨 있었다. 아이들은 어디로 사라졌을까. 조용한 골목은 어른들의 차지가 되었다.

대문을 나와 오른쪽으로 방향을 잡은 건 순전히 익숙해서다. 집 안에서 밖을 바라볼 때 느끼는 안정감처럼 익숙함은 일종의 중독이다. 지금 공원으로 걸어가는 것도 중독이다. 나만의 노선을 따라 걷는 동안 나의 행적은 거리 곳곳에서 낙서가 된다.

도로를 구분하는 선에 멈춰 신호등을 바라본다. 차도에 걸친 그림자를 우회전 차량이 밟고 간다. 그림자는 통증을 모른다. 그림자처럼 분명 존재하지만 또렷하지 않은, 감각과 무감각의 사이.

경계다.

함부로 침범해서는 안 되는 고유한 영토다.

천 개의 조각을 끼워 맞춘 퍼즐처럼 건물과 건물은 붙어산다. 3층 건물은 2층보다 더 높게 울타리를 만들고 도시는 거대한 벽으로 감싸여 있다.

가로 보다 세로가 더 많다. 세로는 수직이어야 불안하지 않다고 사람들은 생각한다. 건물 유리창도 수직이고, 옆집 아주머니 목소리도 수직이다. 담장 위에 쇠로 만든 가시울타리를 설치한 후 옆집은 날카롭게 위로 뻗었다. 직각을 유지하려는 경직은 그래서 위태롭다. 타의에 의해 강요된 분리는 문이 없는 경우가 많다. 시간이 지날수록 옆집은 불투명해졌다.

옆집과 달리 큰길 건물 1층은 대부분 통유리다. 유리창을 사이에 두고 공간은 갈라진다. 유리에 내가 비친다. 복제는 나도 모르게 완성된다. 밖에 있는 내가 안에 있는 나를 바라본다. 나는 나도 모르게 둘로 분리되고 두 개의 내가 서로를 응시한다.

옆집 담은 그 후로도 조금씩 달라졌다. 가시울타리를 떼어내고 담을 더 높였다. 옆집이 가려지는 높이만큼 이웃의 관심은 낮아졌다.

어쩌면 생은 갈등의 누적이다. 사람의 몸은 마음의 울타리다. 울타리를 넘나드는 관계는 비슷한 색깔을 지니고 있다. 그들이 모여 무리가 된다. 하지만 무리는 또 새로운 경계가 된다. 마음의 경계다.

마음이 닫힐수록 눈이 건조해진다. 마른다는 건 갈라진다는 것. 보도블록 선을 밟지 않으려고 애쓰듯이 불안은 발바닥에서 시작된다. 디뎌야 할 곳과 디디지 말아야 할 곳의 구분은 횡단보도처럼 명확하지 않다. 그때 갈등이 다가온다.

한동안 조용했던 동네가 시끄러워진 건 어제저녁이었다. 누군가 골목 담벼락에 새로운 그림을 그려놓은 모양이다. 옆집 담도 그중 하나였다. 아이를 키우는 집을 모두 확인해야 한다는 옆집 아주머니의 목소리는 여전히 수직으로 뾰족했다.

옆집의 그림은 우리 집 담까지 이어져 있었다. 누가 그렸는지 제법 솜씨가 좋았다. 아이들 대신 어른들이 낙서를 지우기로 의견을 모으는 동안 아이를 키우는 엄마들은 죄인이 된 듯 뒤로 물러나 있었다.

나누고 구분한다는 건 편리하지만 위험하다.

평지와 산의 경계에 있는 공원은 선이 자유롭다. 아무리 선을 그어도 나뉘지 않는 하늘이나 구름의 흐름처럼 구분 짓기 어려운 시공이 있다. 바빠서 낙서를 잃었다고 말하는 건 핑계일 뿐 사람들은 어른이 되면서 자신의 삶에 경계를 만들었다. 그때마다 영역이 생겨났다. 침입을 거부하는 공간은 자유와 폐쇄를 동반한다. 공원은 중립지역이어서 벽을 쌓지 않는다. 벽이 없다고 일탈은 아니다. 아무것도 가두지 않는 공원에서 햇살은 순수하다.

오전 동안 공원에 머물렀다. 휴일엔 경계의 허용치가 느슨해져 점심시간이 지나 점심을 먹어도 되고 쉬는 시간이 아니어도 쉴 수 있다. 돌아갈 시간이다.

인공구조물을 뚫지 못하는 걸 알면서도 햇볕은 벽을 더듬는다. 시간이 지나면서 쇼윈도에 반사되는 빛의 각도가 달라진다. 반대편 길은 여전히 어색하여 아침에 걸었던 길을 되짚어 걷는다. 익숙한 간판과 익숙한 신호를 택하는 건 최소한의 방어다. 투영은 쇼윈도 유리에만 있지 않다. 내 기억이 맞는다면 아이들의 눈은 촉촉하다. 촉촉한 것은 모든 것에 스며든다. 그때 경계가 지워진다. 오늘쯤엔 나를 정지시키고 잠시 아이로 돌아가야겠다. 옆집이 이사 온 후 아무도 모르게 꾸민 계획이었다.

낙서가 끊긴 골목에 들어섰다. 휴일이라 그런지 골목은 한산하다. 담장과 담장의 간격을 채운 무표정한 햇빛과 그늘. 담장에 낙서하던 아이들은 어디로 갔을까. 대문에 멈춰 우리 집 담장을 본다. 아이들이 그리다가 만 그림을 보며 가만히 웃는다. 아침에 남몰래 주머니에 넣어 온 크레용을 꺼냈다. 잠시 담장을 바라본 나는 손을 뻗어 그림을 채우기 시작했다. 문이다.

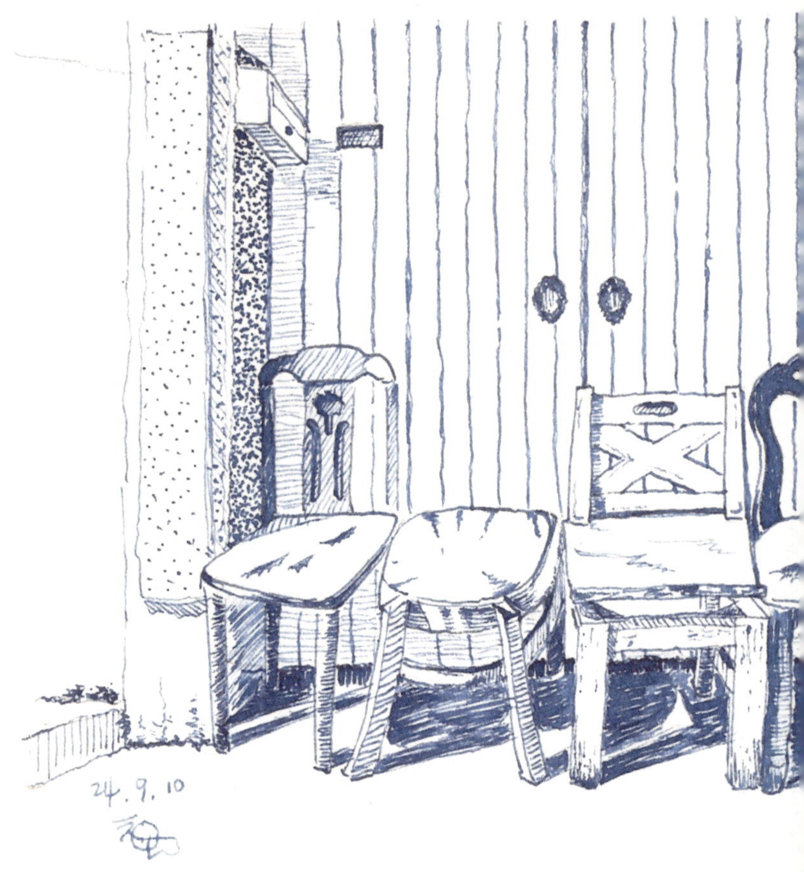

24. 9. 10

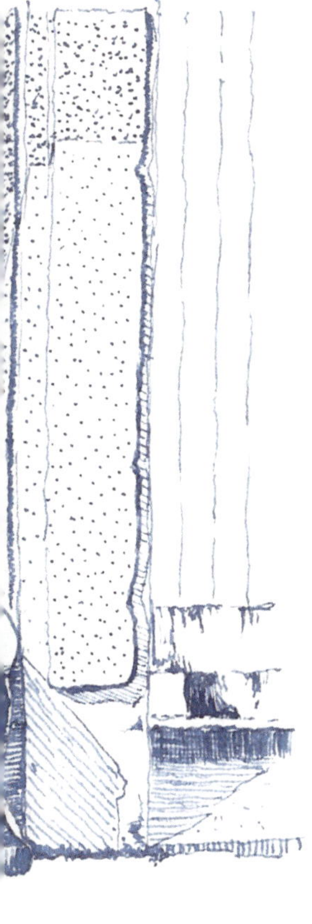

동창

뼈마디 부러진 데 없이
다들 곱게 늙었네

그거면 됐지
그거면 됐어, 암만

오늘 볕이 참 좋네

#잘 자고, 잘 먹고, 잘 싸고.

씩
씩
하
니
까

덜 자라면 어때
매달리지 않으면 어때

언젠가 내게도
다리가 생길 거라 믿어

#고정관념을 깨트리는 일이란,

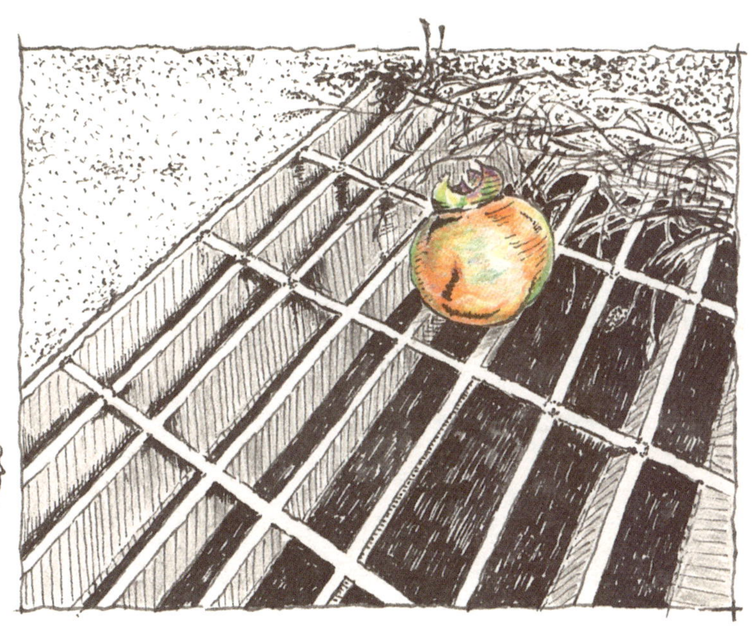
24. 9. 11.

약자가 아니라 소수입니다

다르다는 말과 같지 않다는 말은 얼마큼의 거리일까요? 무의식에서 비교하고 모르는 사이 비교당하고, 그냥 있는 그대로 봐주면 안 될까요?

모과나무에 사과가 열리면 또 어때요. 금요일 다음이 수요일이어도 상관없잖아요. 엄마는 원래 아빠였어요. 방에만 있는데 뭐든 잘 그리는 친구도 있죠.

토끼가 용궁에 가고, 호박이 마차가 되고, 시골 쥐가 서울 가는 이야기는 이제 소용없나요? 걷지 못한다고, 눈이 안 보인다고, 듣지 못한다고 다르지 않아요. 햇볕이 싫은 사람도 있고, 밤에 잠을 안 자는 사람도 있잖아요.

휠체어를 타고 다니는 친구는 책을 많이 읽어서 척척박사고요. 눈이 안 보이는 친구는 노래를 잘 부르고요. 듣지 못하는 친구는 만화를 잘 그려요.

몸이 불편하다고 마음이 닫혔다고 흘깃거리는 게 잘못 아닌가요? 개인의 삶을 사회적 기준으로 바라보면 답답해요. 사회적인 영역과 개인적인 영역은 다르잖아요. 항변하는 것도 한계가 있고요. 소수는 왜 매번 짓눌려야 하는 거죠?

불편하게 해드려서 죄송해요. 구름 좋은 오늘 하늘이 누구의 것도 아니어서 다행이에요.

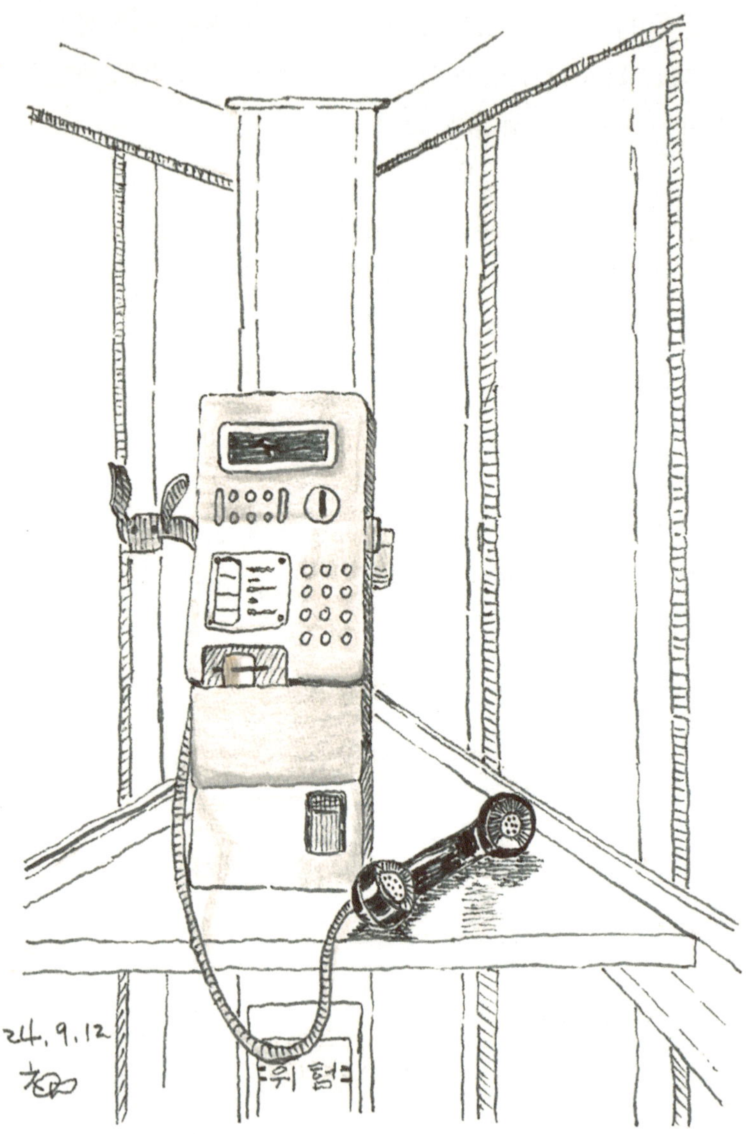
24. 9. 12
위험

트라우마

귀를 대면
다급히 낡아가는 목소리와
박자 잃은 숨소리가
들릴 것만 같다

#이상하다. 어떤 잔상은 지날수록 짙어진다.

제 번호 어떻게 아셨어요?

귀찮은 전화 올 때 많죠? 번호를 알려 주지도 않았는데 어찌 알고 밤낮 전화를 해대는지, 전화번호 바꿔버리고 싶을 때 많죠? 아주 가끔 번호를 잘못 눌러서 실수로 걸려 온 전화도 있긴 하지만, 대부분은 홍보 영업 그런 건데요.

그 사람들도 일이니까 그러려니 넘기지만, 어떨 때는 먹고사는 게 저리 바빠서 고향에 계신 부모나 집에 있는 식구나 친구나 지인에게 연락은 하는지 궁금하기도 합니다. 참으로 쓸데없는 관심이지만요.

어제는 좋은 땅 있는데 소개해 주려고 한다며 전화가 걸려 왔고요. 오늘은 이번에 분양하는 아파트 입지도 좋고 전망도 좋은데 회사 물량으로 남겨둔 거 정말 좋은 조건이어서 연락드렸다고 하네요. 돈 필요하지 않냐는 전화도 오고, 핸드폰 바꿀 때 되지 않았냐며 무료로 준다고도 하고요. 각종 보험이나 설문조사는 시도 때도 없고요.

스팸 차단 기능으로 바로 끊기기도 하지만, 별생각 없이 전화를 받으면 그 사람들 무척 빠른 말에 나는 대꾸할 새도 없이 어느새 고객님인지 호갱님인지가 되어버립니다.

그때 이렇게 말해보세요. 땅 전화 오면 나 땅 많다고 하고, 아파트 전화 오면 나 집 많다고 하고, 돈 쓰라고 전화 오면 나 돈 많다고 해보세요. 신기한 건 그쪽에서 먼저 끊고 다음부터 전화가 오지 않아요.

살다 보면 긴 통화가 필요할 때도 있고, 밤새 목소리를 나눠야 할 때도 있고, 병원에서 걸려 올 전화처럼 긴급한 연락을 기다릴 때도 있는데요. 집 땅 돈 좋은 거 생판 모르는 사람한테 소개하지 말고 그냥 그쪽 아는 사람끼리 나눠 가지면 좋겠어요. 세상에 공짜 없다는 거 알잖아요.

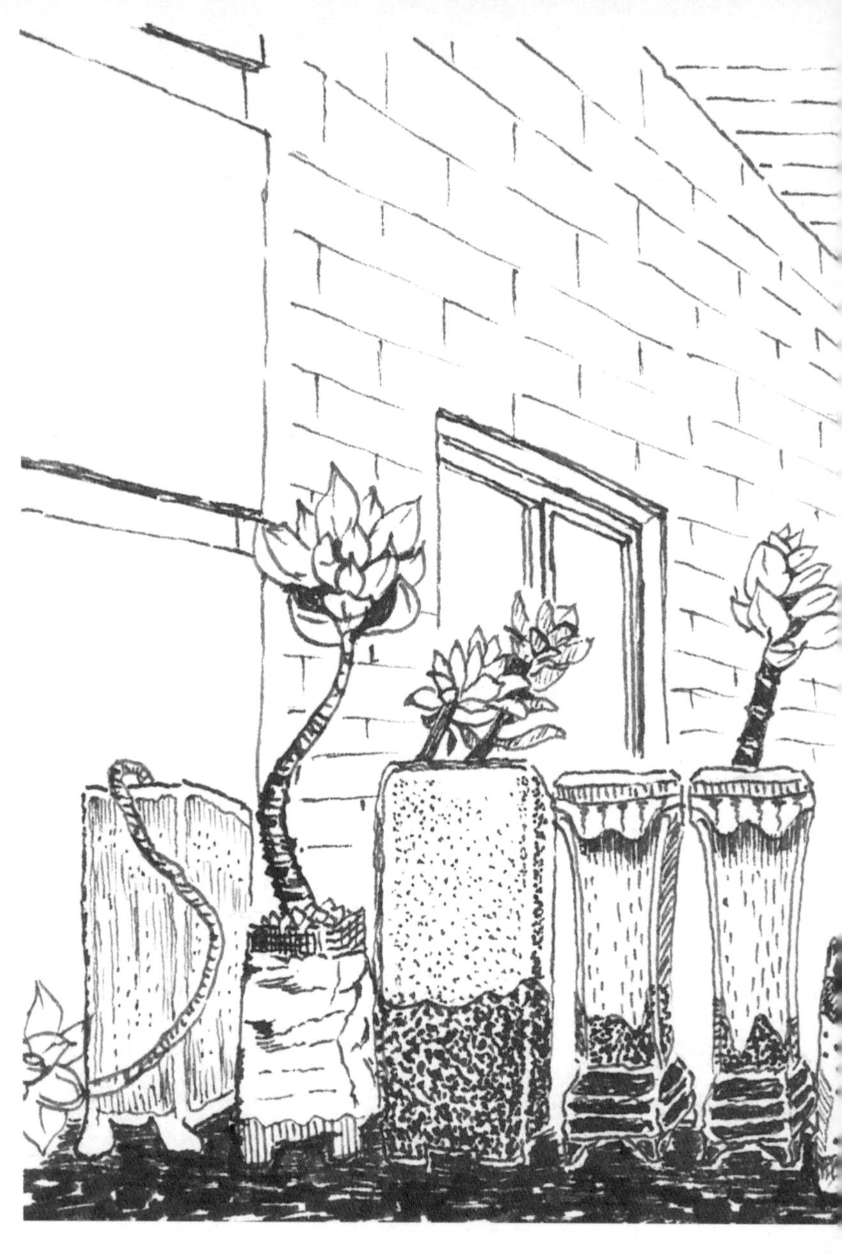

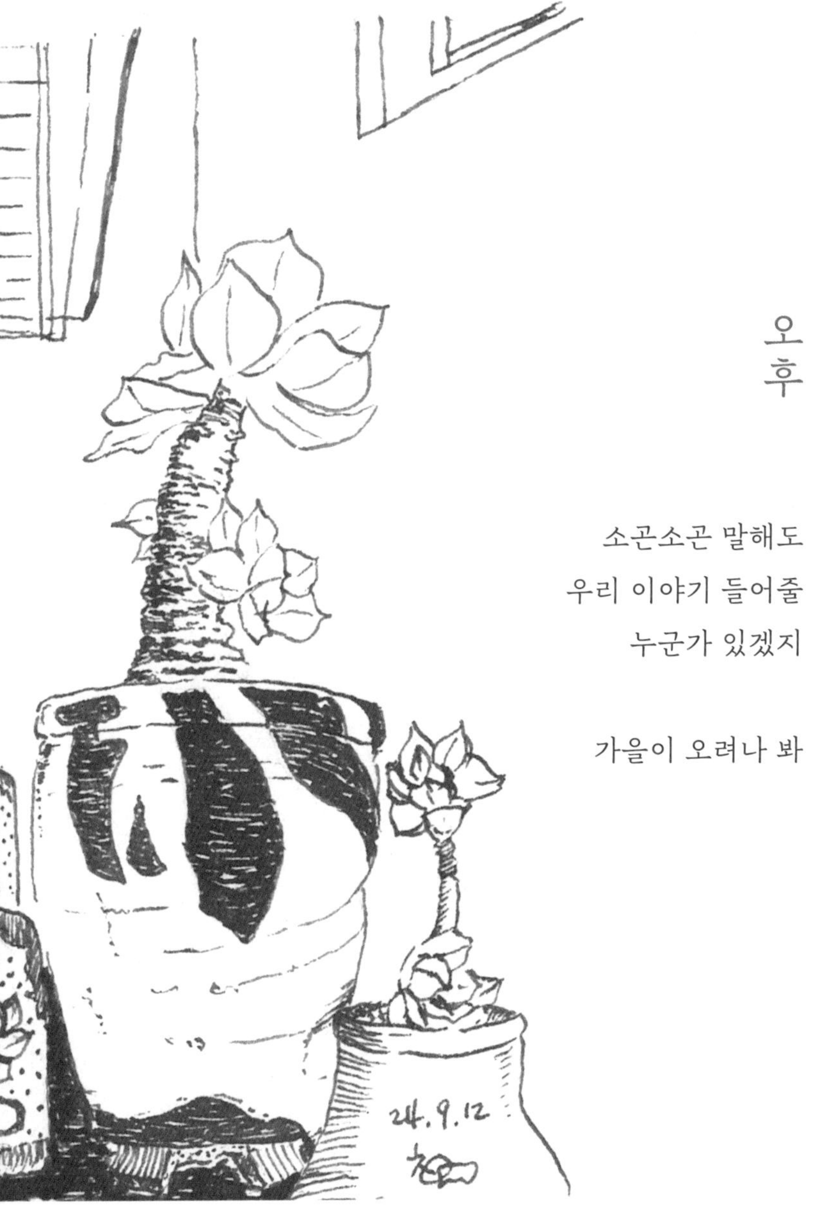

오
후

소곤소곤 말해도
우리 이야기 들어줄
누군가 있겠지

가을이 오려나 봐

#키 작은 목소리도 뜨겁다는 걸 왜 모를까?

어쩌다가

부사副詞는 재밌습니다. 적절히 사용하면 감칠맛이 납니다. '어쩌다가'도 부사인데요. 뜻밖에 우연히 이따금 가끔 가다가 이런 뜻이거든요. 이게 또 재밌는 게 뜻으로 풀이해 놓은 말도 부사입니다.

예기치 않게 이런 단어를 만나게 되면 어떤 늪에 빠지곤 합니다. 낱말을 더듬다 보면 끝도 없이 빠져드는 경우인데요. 마치 그리스 로마신화에서 신의 이름을 따라가다 전체 이야기를 읽고 마는 것과 비슷합니다.

사실 이 책도 어쩌다가 시작되었습니다. 문득 그림을 그리고 싶어서 책상에 있는 만년필을 들고 눈에 보이는 걸 그렸는데요. 스케치북을 사고 하나씩 채우다 보니 풍경을 그리는 게 재밌더라고요.

동네를 다니면서 그리고, 사진을 찍어와서 집에서 그리고, 오가다 무언가 느껴지는 모습을 부지런히 그렸거든요. 몇 개 그리고 나니 저절로 그림에 글을 붙이게 되더라고요. 그릴 때마다 블로그에 올렸더니 자꾸 책으로 내면 좋겠다고 꼬드기더라고요.

어쩌다가 시작한 일이 예기치 않게 흐른 셈인데요. 이렇게 된 거 책이 색깔은 있어야 할 것 같아 한참 고민하다가, 지친 삶에 휴식이 되는 책이면 좋겠다고 테마를 정했습니다. 부담은 없는데 생각할 수 있는 책, 어디를 펼쳐 읽어도 되는 책, 그림만 봐도 되고, 글만 읽어도 되는, 그런 책이면 좋겠는데요.

어쩌다가 나도 모르게 흘러가는 일이 허다합니다. 사람이 계획대로 살아지지는 않잖아요. 기억에도 없는 두 살에 아버지 따라 이사를 시작한 후로 어쩌다가 이 책을 내기까지 살면서 별의별 일이 많았는데요. 근데 어쩌다가 이야기가 여기까지 흘러왔죠?

책을 만들게 된 계기를 쓰려는 게 아니었는데, 이렇게

이야기가 다른 방향으로 빠져버리니 난감합니다. 그렇다고 살아온 이야기를 주저리주저리 늘어놓는 건 염치없는 짓이니까 여기쯤에서 끝낼까 싶어요.

　가끔은 대책 없이 흩날리는 것도 멋이잖아요. 똥폼 잡고 살아도, 격식 차리며 살아도, 꾸미며 살아도 과하지 않으면 되잖아요. 허세 부리지 않고 적당히, 그렇게 사용하는 부사는 멋지거든요. '어쩌다가'라는 말은 긍정적일 때도 쓰고 부정적일 때도 쓰는데요. 살면서 좋은 일에 더 많이 쓰였으면 좋겠어요. 이 말을 하고 싶었거든요.

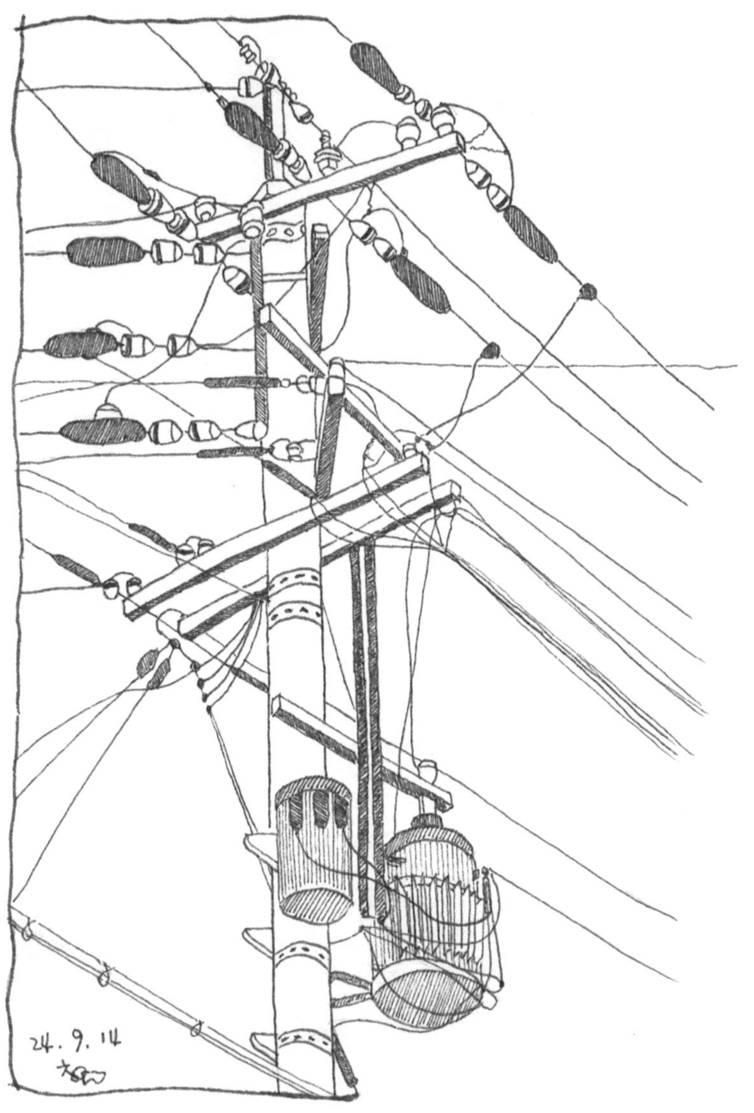
24. 9. 14

사춘기

정리되지 않는 하루와
제멋대로 튀어나오는 표정과
끝없이 이어지는 생각과
까닭 없이 유쾌하고 이유 없이 울적한
해 질 무렵의 빛깔 같은

#복잡한 걸 단순하게 만드는 방법에 대해.

옆어진다

흑백으로 걸어야 어울리는 시간이 있지
28년 된 만년필에는 어떤 색 잉크가 어울릴까
발소리에 황구가 먼저 짖고
옆집 모과 더디 익어도 급할 게 없는
접착식 앨범 비닐처럼 푸석거리는 기억들

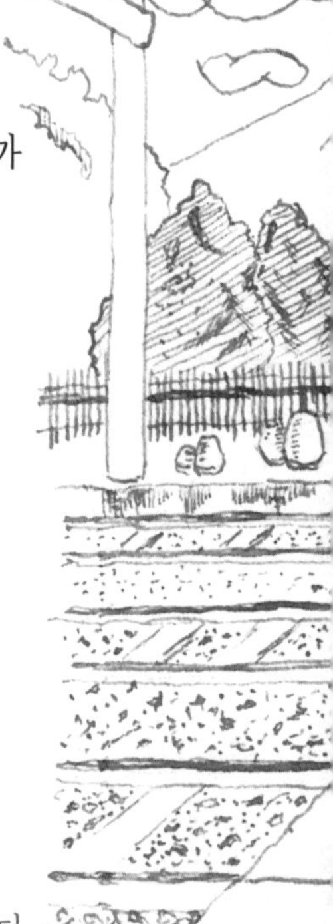

#집착이 아니라 회상일 때 옛일은 비로소 느려진다.

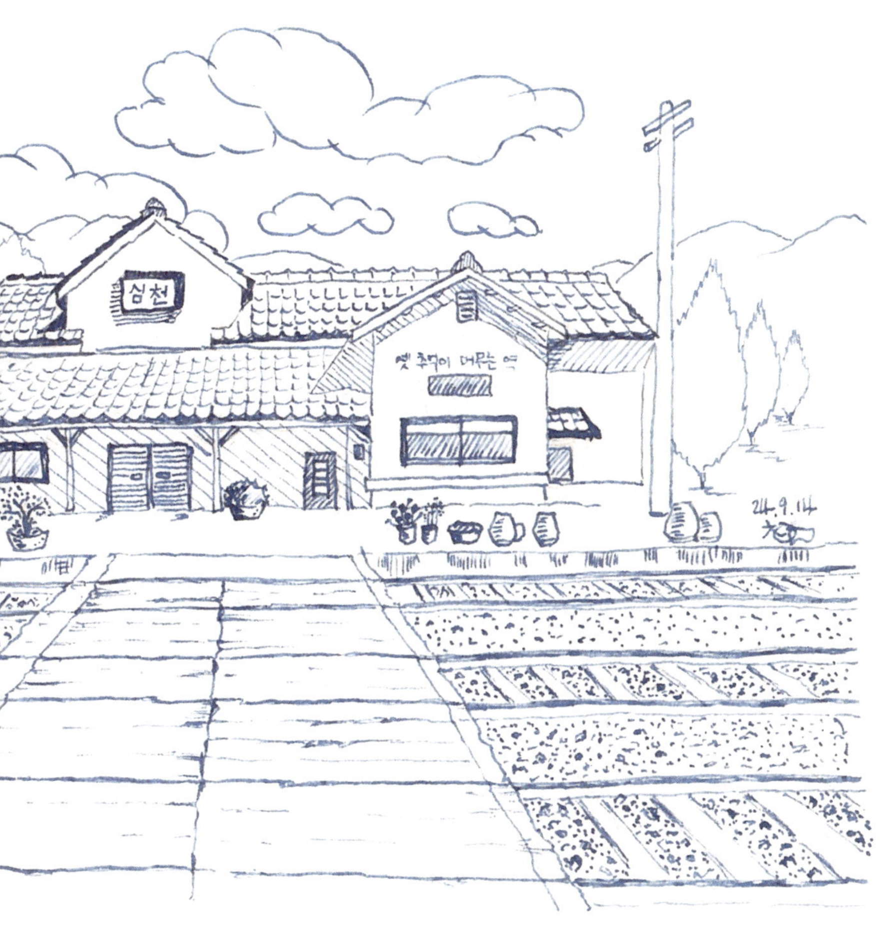
심천
옛 추억이 머무는 역
24.9.14

이상하다

기억이 잘못된 건지 물건이 도망간 건지 찾으려면 없는 게 있다. 그 자리에 두었으니 그 자리에 있어야 하는데 도통 보이질 않는다. 정말 잘 보관한다고 찾기 좋은 곳에 두었는데, 기억은 그러한데, 이 방 저 방 물건이 있을 만한 곳을 다 뒤져도 없다.

이럴 때는 머리가 가렵다. 기억의 오류가 일으킨 부작용이다. 약도 없다. 갑자기 등부터 시작해서 온몸이 가려워지고 머리는 복잡해진다. 잠도 오질 않고 기억을 더듬어 처음부터 다시 재연해 보기도 한다. 이 망할 놈의 기억이란.

중요한 내용은 잊지 않으려고 메모를 한다. 정말 잘 적어 놓는다고 적었는데 어디에 적었는지 생각나지 않는다. 마트에 물건을 사러 갈 때도 하나씩 챙기다 보면 꼭 사야 하는 걸 빼놓고 돌아올 때가 있다. 건망증이라기엔 증상이 약하고 치매는 더더욱 아니다. 정신이 흐트러진 정도라고 해 두자.

<잘 보관할 것들을 모아두는 곳>을 따로 정해 놓아야 하나. 방으로 할까, 아니면 서랍으로 할까. 이 궁리 저 궁리를 하는데, 며칠 전부터 찾고 있던 물건을 아직도 못 찾은 게 생각났다. 이대로 조금 더 지나면 무얼 찾고 있었는지 그조차 까먹을지도 모른다.

외우지 않아도, 살펴 기억하지 않아도 편히 살 수 있는 시절이다. 자동차에서 지도책이 사라진 건 한참이고, 번호를 찾아 누르지 않아도 음성으로 전화를 걸어준다. 누가 어디에서 무얼 하는지 실시간으로 전파되는 세상에, 나는 가끔 나를 잃어버린다.

어디에 있는지 주위를 둘러보아도 내가 보이지 않는다. 그림자는 있는데 형체가 없는, 소리를 내는데 아무도 듣지 못하는, 서랍 속에도 없고 옷장에도 내가 없다. 인형 탈을 쓰고 지나가는 사람이 내 이름표를 붙이고 간다. 밤

새 물건을 찾다가 잠든 나를 또 잃어버렸다.

새 물건을 찾다가 잠든 나를 또 잃어버렸다.

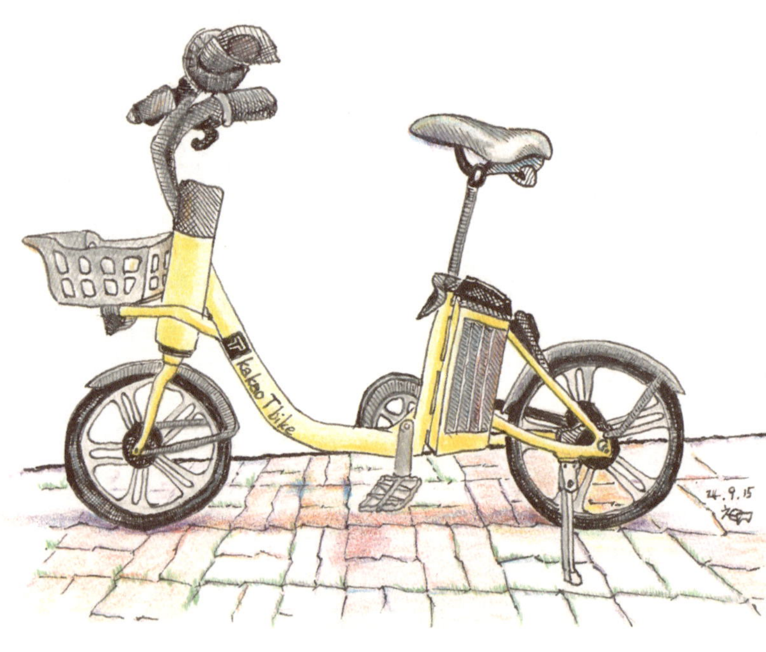

kakao T bike
24. 9. 15

꿈   그제는 구름이었다가
      어제는 잠자리였다가
      오늘은 날개 달린 고래가 됐어요

      제 코가 길어졌나요?

#바닥을 구른다고 꿈이 없는 건 아니지.

2부

누구나
두 개의
창을
품고 산다

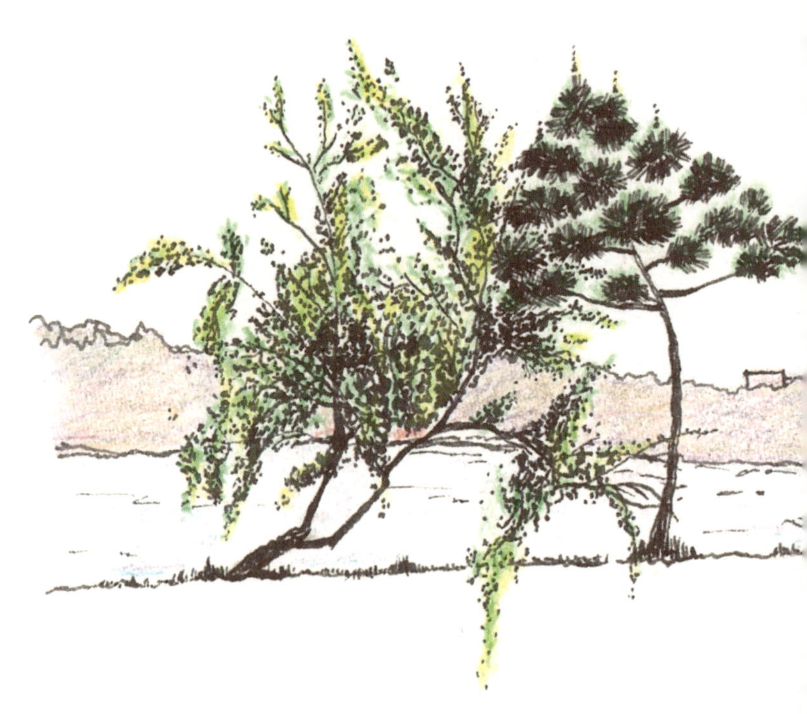

곁

무얼 그리 움켜쥐려 했는지 손바닥 주름도 굳어 버렸네

맞잡을 손이 있으니 우리, 잘 살아온 거지

여기도 오랜만이야 가까운 걸 자주 잊고 살았어

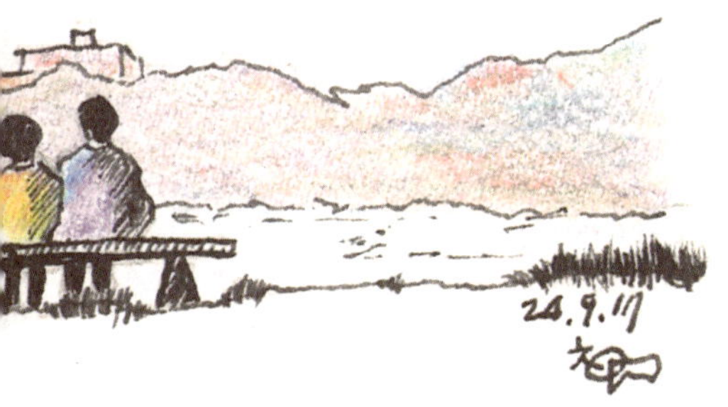

#보이지 않는 이야기를 어떻게 담아야 할까?

오늘 할 일

남 사는 얘기 듣는 거 흥미로우면서도 버거운 일입니다. 대개 사는 얘기란 게 자랑 아니면 힘들다는 거잖아요. 뭐 가끔 가십거리도 있지만 그건 휘발성이 강하니까요. 자랑하는 꼴을 보고 오면 배알이 뒤틀리고, 힘든 얘기를 듣고 오면 무거운 짐을 떠안은 느낌입니다.

이 저 따지고 보면 세세한 사연이야 사람마다 다르겠지만 사는 거 다 비슷하더라고요. 누가 있는 얘기하면 나 없는 거와 비교되고, 누가 아픈 얘기 하면 내 식구 아픈 일 또 떠오르고, 사람 사는 일이 이리 엇비슷한데 어쩌자고 나만 힘들고 고달픈 것 같은지.

이상하게 나 빼고 다들 잘 먹고 잘사는 것 같다는 생각해 본 적 있죠? 나는 돈도 없고, 직장도 없고, 애인도 없고, 잘난 부모도 없고, 집도 없고, 없는 것 천지인데 둘러보면 차고 넘치게 살아가는 사람들만 바글바글하잖아요.

우리 있는 거 한번 적어 보면 어때요? 남들과 비교하지 말고요. 혼자만 보는 일기장에 써도 좋고요. 가족이 함께 적어도 좋고요. 눈에 보이는 것부터 적다 보면 보이지 않는 것도 많이 생각날 거예요. 그리고 천천히 읽어 보는 것도 좋겠죠.

나에게는요, 읽어야 할 책이 있고, 늘 챙기는 진통제도 있고, 건전지를 갈아 끼워야 할 시계가 있고, 어릴 적 받은 개근상이 있고, 먹다 남은 찬밥도 있고, 이런 거 말고도 앨범 속 추억이 있고, 보고 싶은 얼굴도 있고, 마음 쓸 사람도 있고, 또 소소한 계획도 있고요.

세세히 말을 안 해서 그렇지 깊게 들여다보면 다들 사는 거 비슷해요. 솔직히 알잖아요. 갖지 못한 거 갖고 싶은 욕심이잖아요. 욕심이 아니더라도 나한테 없는 것만 보이는 거잖아요. 그런데요 다른 사람도 날 보고 똑같이 생각해요. 없는 거 있는 거 헤아릴 필요 없어요. 가만 생각해 보면 이미 넘치거든요.

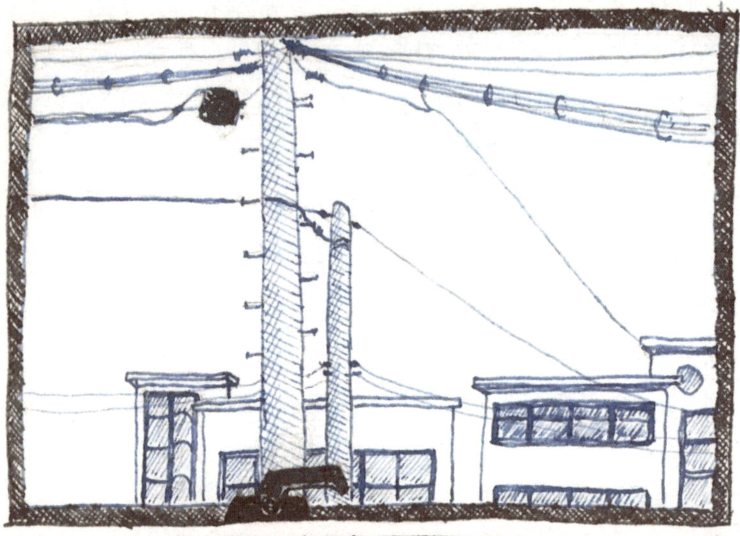

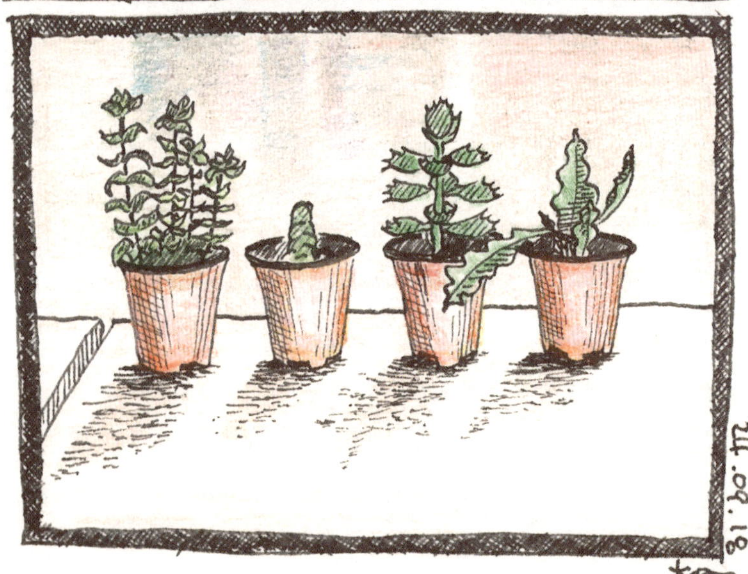

양
심

누구나 두 개의 창을 품고 산다

눈동자를 보면 흔들리지 않는 창 하나가
있다

#하나의 창으로 안과 밖을 동시에 보고.

살며 나를 찾는 일

목적 없는 나들이에서 갈림길은 귀찮다. 왼쪽으로 가야 하나 오른쪽으로 가야 하나. 목적이 없는 외출이니 어디로 가도 무방한데, 갈림길은 아무런 강요도 하지 않는데, 순간 갈등하는 나를 보면 헛웃음이 난다.

대학 졸업하며 취업한 회사를 그만두고, 부모님 눈치에 공무원 시험 본다고 하면서 꾸지람을 모면하던 때가 있었다. 도저히 눈치가 보여 교육 도서 기획을 하는 회사에 면접을 보았는데, 창의적 아이디어를 가진 인재를 필요로 한다는 말에 어떻게 하면 창의적 인재로 보일 수 있을까 궁리하다 넥타이를 매지 않고 면접에 갔다.

"면접 보러 오면서 왜 노타이 차림으로 왔나요?" 다른 면접관의 질문은 업무적이거나 형식적인 것이었는데, 이사 직분을 가진 분이 내게 던진 질문은 금방 의도를 파악하기 쉽지 않았다. 넥타이를 매지 않은 게 불만인 건지, 기본 예의가 없다는 건지, 나를 떠보려는 심사인 건지, 순간의 재치를 보겠다는 건지 금방 알아채기 힘들었다.

이런 쓸데없는 고민도 잠시, 이사 직분을 가진 면접관은 내 대답을 듣기도 전에 본인이 던진 질문의 의도를 분명히 했다. "면접에 넥타이도 매지 않고 오는 사람을 채용할 수는 없습니다."

세상엔 격식도 필요하고 형식도 필요하다. 나의 선택과 방식이 다른 누군가에게는 불편할 수도 있다는 걸 부정하진 않는다. 변명일 수 있지만, 나는 다만 창의적이라는 단어에 꽂혔을 뿐이고, 사고가 억눌리지 않고 자유롭다는 것을 보이고 싶었을 뿐이었다.

"머리를 쓰고 생각하는 일에 넥타이가 그렇게 중요하다고 생각하지 않습니다. 겉모습과 넥타이가 제 능력을 평가하는 기준이라면 저도 사양하겠습니다." 젊은 패기에 쏟아부은 말이었지만 후회하진 않았다. 그때도 그랬지만 지금도 같은 대답을 할 거라는 생각은 여전하다.

자리에서 일어나 인사를 하고 면접장에서 나왔다. 부장 직함을 가진 분이 바로 따라 나와 명함을 건네며 말했다. "저도 넥타이가 업무 능력과 상관있다고 생각하지 않습니다. 다만 이사님이 워낙 이쪽으로 그러셔서…. 죄송합니다. 혹시 저희 쪽에서 연락드릴 수도 있으니, 제 명함입니다."

그 후로도 나는 넥타이를 매지 않았다. 겉을 보고 평가하고 평가받는 세상에서 나 하나 격식을 갖추지 않는다고 세상이 달라지지 않는다. 나도 그걸 잘 안다. 하지만 넥타이를 벗은 후로 내 세상은 더 넓어졌고 자유로워졌다.

굴레를 벗어던진다는 건 타인의 시선을 크게 의식하지 않는 일이다. 지켜야 할 격식과 예의를 겉으로 드러내는 건 비교적 어렵지 않지만, 내면에서 저절로 새어 나오는 몸가짐은 쉽사리 만들어지지 않는다.

오늘 나는 어디를 가기 위해 집을 나섰나? 갈 곳을 정하지 않았으니 지금 나의 방향은 틀리지 않았다. 지금까지 삶의 선택이 얼마나 옳았냐고 묻는다면 나는 뭐라고 대답할까? 인정보다 후회가 넘치는 게 대부분의 삶이고 보면, 목적이 절대 가치를 지닌다고 고집하기도 힘든 일이다.

　방향도 목적도 과정도 모두 소중하다. 무엇을 취하고 무엇을 버리고, 얼마를 쥐고 얼마를 내어야 하는가는 각자의 몫이다. 나는 수년째 같은 옷을 입고, 수년째 같은 집에서 살고, 수년째 넉넉하지 못하지만, 남들에게 없는 고유한 내가 있다.

（덧）

　그 후로 아버지 어머니 장례식 때 두 번 넥타이를 맸는데, 형식적 굴레가 두루 생각하는 일에 영향을 끼치진 않았다.

윙
크

두 눈으로 보기에는
세상이 어지러워

한쪽 눈 감고 바라봐도
달라지는 게 없네

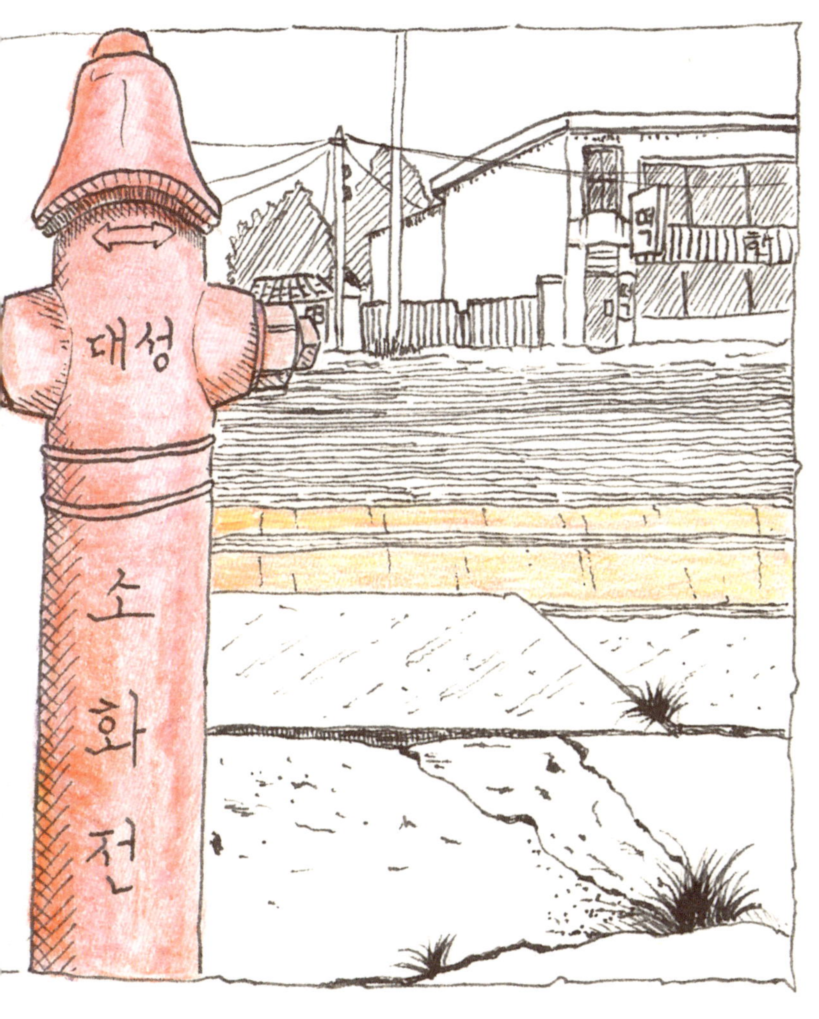

#윈도우 업데이트 도중 멈춰 버린 컴퓨터를 바라보는 것처럼.

대충이란 어느 정도일까요?

딱 맞게 떨어지지 않는 말이 궁금한 적이 없나요? 자다가도 자꾸 떠올라서 사전을 뒤적거리고 인터넷으로 검색도 하고, 진짜 간지러운 마음을 딱 맞게 풀어놓은 정보를 찾느라 잠을 설친 적은 없나요?

대충이라는 말이 참으로 요망합니다. 딱히 정해진 기준도 없고, 되는대로 적당히 얼추 대략 이런 식인데요. 게다가 이 말이 언제 어떻게 쓰느냐에 따라 그 정도가 수시로 바뀌기도 하거든요.

사실 충청도에서는 대충이라는 말을 자주 쓰긴 합니다. 물론 다른 동네에서도 쓰겠지만 충청도에서 대충은 아주 요긴합니다. 내가 직접 어느 정도를 명확히 말하기 곤란

하거나, 다른 사람에게 대놓고 부탁하기 미안하거나, 내가 말하지 않아도 알아서 행동하라고 할 때나, 아무튼 이 말이 정말 절묘하게 쓰이는데요.

부정적이다 긍정적이다 뭐라 정하기도 애매해서, 전후 사정을 살펴야 그 맥락을 파악할 수 있어서, 이따금 다른 도시 사람은 이 말이 대충 어떤 의미인지는 알아도 명확하게 무엇인지 알지 못하는 경우가 생기거든요.

또 대충이 나왔네요. 대충 해, 대충 먹어, 대충 놀아, 대충 줘, 대충 챙겨, 그까이꺼 대충, 이러다가도 대충을 한 번만 쓰지 않고 두 번 붙여서 대충대충 쓰기도 하는데요. 혹시, 대충 살라는 말은 어떤 뜻인지 아세요?

이런 말 재밌지 않나요? 딱 떨어지는 값이 아니라 애매한 어디쯤인데, 그것이 또 상대와 이야기할 때는 이해될 정도로 가늠할 수 있거든요. 그래서 대충이란 말은 그 말이 들어간 부분만 살피지 말고 앞뒤를 함께 둘러봐야 해요. 대충 말해도 알아듣겠죠?

두리번거리다

겹겹 담장을 덮어도
빈집은 데워지지 않고

#하지 못한 말 수북해지는 계절.

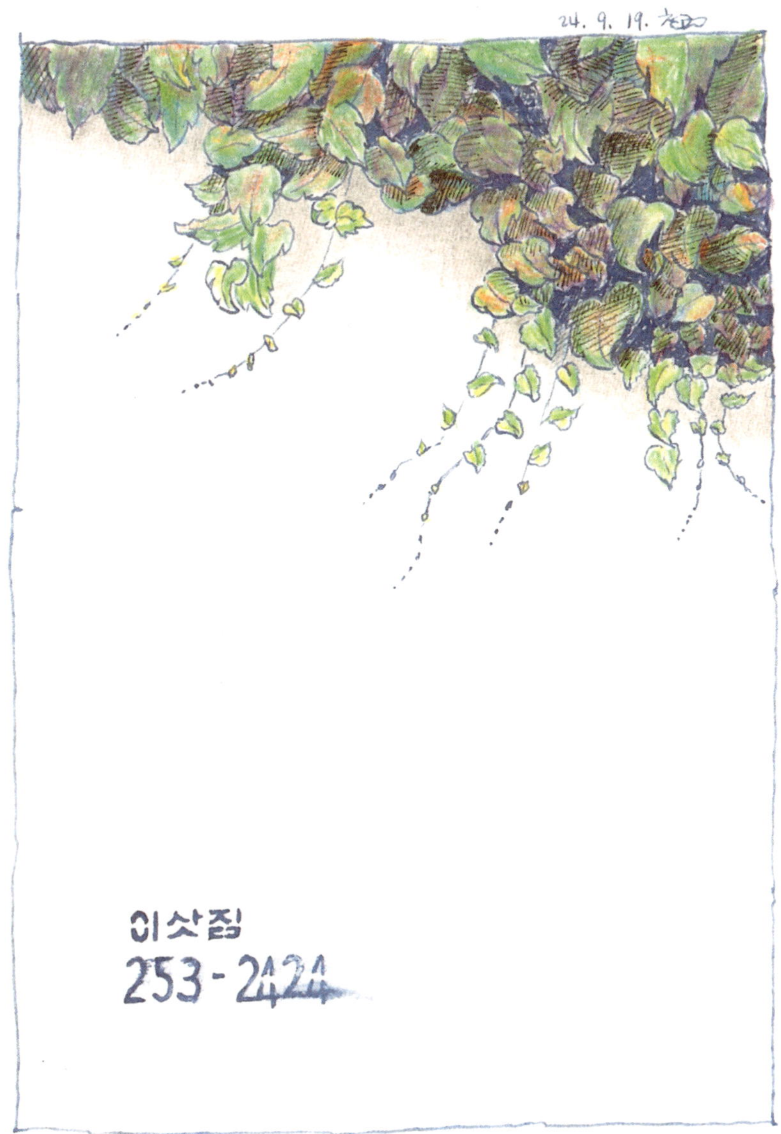
이삿짐
253 - 2424

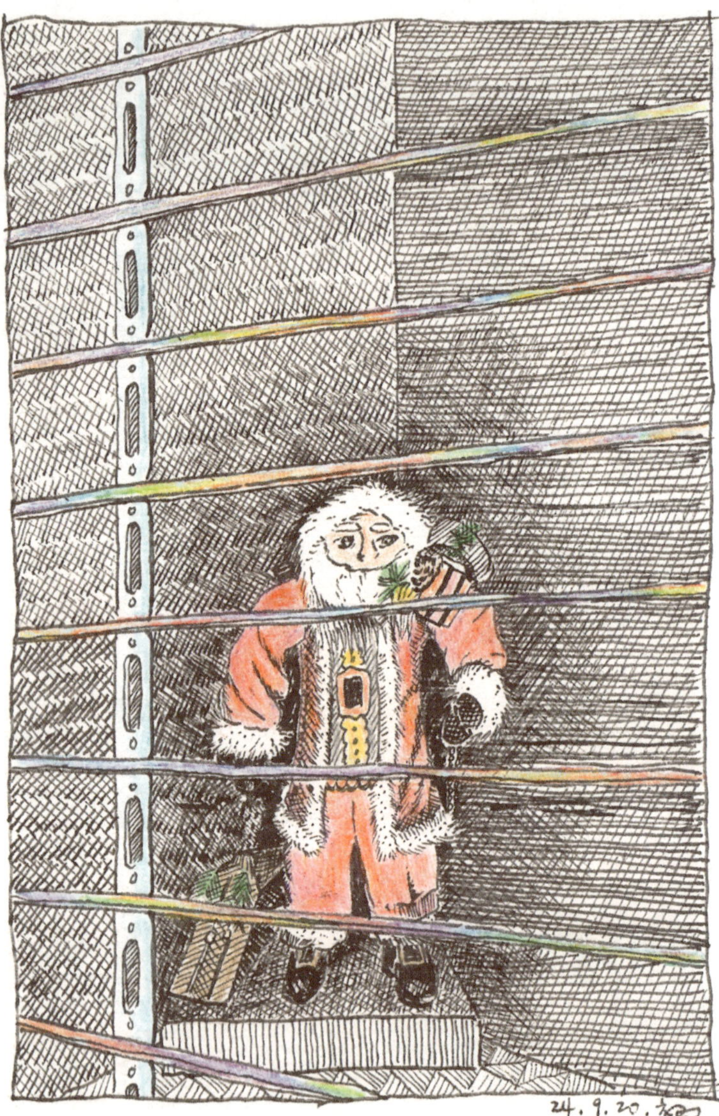

24. 9. 20.

카운트다운

꿈은 겨울에 더 잘 자라

빗장 걸린 마음을 두드리듯
함박눈이 내렸으면

눈꽃에도 향기가 난다는 걸
아이들은 알아

#눈 내리는 소리를 들어 본 적이 있나요?

계산 없는 인연

이유를 묻지 않아도 되는 관계가 있다. 조건을 듣지 않아도 되는 관계가 있다. 스케줄과 상관없이 먼저 챙겨도 되는 관계가 있다. 대가가 없어도, 내가 조금 손해여도, 바빠도, 묻지도 따지지도 않고,

이런 사람이 있다면 얼마나 좋을까. 16부작 드라마를 몰아보고, 연이어 12부작 드라마를 또 보고, 이도 저도 허전해서 정신 쏙 빼놓는 액션 영화 한 편을 곁들여도 이런 캐릭터는 쉽게 보이지 않고,

나 혼자만 동떨어진 세계에 살고 있다고 생각해 본 사람은 몇 명이나 될까? 그런 사람들끼리는 이유를 묻지 않아도 인연이 될까? 희망은 상상에서만 가능해서, 빈 솥에

서 쌀 익는 소리가 들리는 환청 같아서,

누군가에게 전화가 걸려 왔을 때 의아함보다 반가움이 먼저라면 그 사람과는 마음을 나눠도 좋을 일이지. 문득 누군가에게 전화를 걸려고 할 때 상대방이 반길지 의문이 든다면 차라리 연락하지 않는 게 나을지도 몰라.

그래도 조금은, 아주 조금은, 계산 없는 인연도 있지. 매번 내가 밥값을 내도 좋을 사람, 만나고 나면 기운이 생기는 사람, 아무것도 묻지 않는 사람, 약속 없이도 만날 수 있는 사람, 그런데 곰곰 생각해 보면 이런 사람 본 적 없지.

공원이나 들판이나 바다처럼 탁 트인 곳에 가는 이유를 조금은 알 것 같다. 왜 왔냐고 묻지도 않고, 어쭙잖은 위로도 않고, 오는지 가는지 못 본 척하고, 아무렇게나 기대도 괜찮은, 나보다 큰.

이런 사람 어디엔가 있지 않을까?

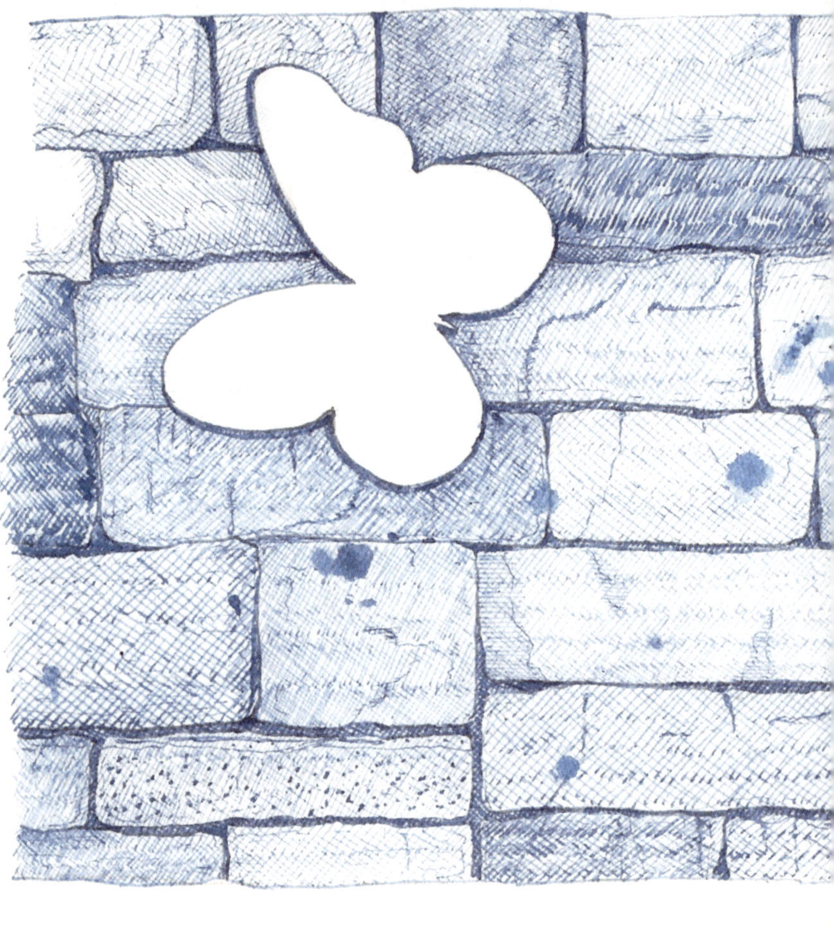

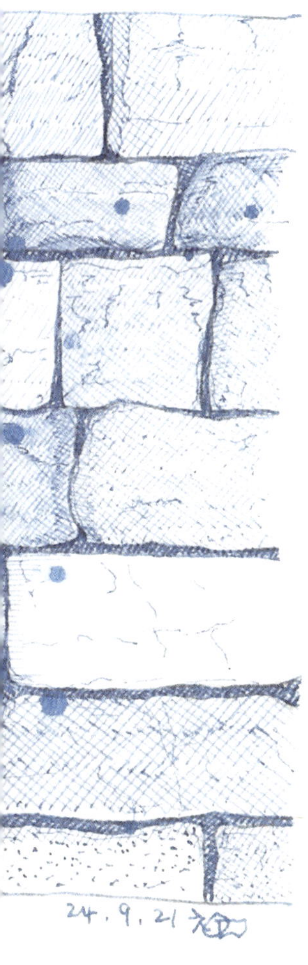

수
요
일

목소리를 잃은 봄

푸른 표정을 벗고 날아간다

돌벽이 웅웅거린다

#보낼 수 없는 이름이 너무나 많다.

탁상달력

올해도 산수유, 목련, 개나리, 벚꽃이 동시에 폈다. 볕 좋은 곳에서는 새순도 벌써 색이 짙다. 얼마간 반짝 추운 아침도 있겠지만 다시 겨울로 돌아가는 건 아니다. 이미 뒤로 넘긴 탁상달력처럼, 엘리베이터를 타지 않고 계단으로 오르는 귀갓길처럼 봄은 가야 할 방향을 담고 있는 이름이다.

지난주엔 친척 결혼식에 다녀왔다. 날짜에 붉은색 동그라미가 그려진 탁상달력에 시간과 장소를 적어 놓은 탓에 잊지 않았다. 물론 휴대전화에도 일정을 남겨두긴 하지만 때론 책상에 앉아 바로 볼 수 있는 탁상달력이 유용하다.

달력에는 여러 색과 모양으로 표시해 둔 날이 많다. 해마다 반복되는 생일이나 기일, 무슨 기념일부터, 병원 가는 날, 모임, 이런저런 행사와 약속, 그리고 그날그날 남겨 놓은 메모나 기록이 빼곡하다.

한 해 중에는 잊지 말아야 할 어떤 날들이 있다. 살아가며 기억해야 하는 날이면 우리는 스스로 기록이 되어 함께하려고 미리 준비한다. 그건 마치 우리 곁을 맴돌다 때때에 맞춰 모습을 드러내는 봄꽃과 비슷하다. 이런 순환 관계에서 사람들은 탁상달력에 적어 놓은 숱한 약속을 살피고 그 대상을 떠올리며 어우러짐의 주체가 된다.

가족과 관련된 날부터 친구 혹은 직장 등으로 확장되는, 그렇게 함께하는 날을 딱 무엇이라 정의하는 건 불필요하다. 누군가는 기다리다 봄꽃을 맞을 것이고 누군가는 잊고 있다가 불쑥 봄꽃과 마주칠 테니 말이다. 정의하지 않아도 모두가 마음속에 간직한 봄꽃 같은 약속이 있을 것이다. 탁상달력 한 장을 더 넘기면, 두 장을 더 넘기면, 거기엔 분명 소중히 표시해 둔 뜨거운 마음이 있을 것이다. 때론 단순한 반복처럼 느껴질지라도 그날을 가슴에 담고 있다는 사실만으로도 우리는 이미 넉넉히 준비하고 있는 게 아닐까.

내 책상에 놓인 탁상달력에는 이달에 해야 할 일정이 여럿 남아 있다. 몇 개의 원고를 보내야 하고, 몇 군데의 모임에 참석해야 하고, 병원 진료를 받으러 가야 한다. 그런데 이런 일상은 얼마나 재미없는가. 이제 이런 메모는 무채색으로 써 놓고 조금 색다른 일정을 달력에 표시해 두면 어떨까.

드라마에 나온 것처럼 가족과 함께 치킨을 먹으며 영화를 보는 치킨데이도 좋고, 자녀와 대화를 나누는 날도 좋고, 온 가족이 도서관 가는 날이라든지, 아이의 날, 아빠의 날, 엄마의 날 같은 걸 만들어보는 건 어떨까. 아무것도 적히지 않은 달력에 무엇을 채우느냐는 결국 우리의 몫이다. 사람은 사람과 어우러져 살아야 한다. 그러니 탁상달력 네모난 공간을 사람의 온도로 채워보려는 생각은 평면의 삶을 조금 입체적으로 변화시키는 방법의 하나일 것이다.

이미 뒤로 넘어간 달력을 다시 앞으로 돌려 거기 적힌 기록을 읽어 본다. 물리적 시간은 분명 과거이지만 지금도 가슴에 남아 있는 순간들이 우리가 살아갈 힘이 된다는 걸 느낀다. 군데군데 손때가 묻은 기록들은 각각 삶의 무게를 지닌다. 그리고 머잖아 그만큼의 무게를 품고 또

한 장의 달력이 뒤로 넘어갈 것이다. 그때쯤엔 탁상달력 네모난 공간마다 듬뿍 사람의 온도로 채워지지 않을까.

불쑥, 내가 알고 있는 모든 사람의 이름을 빈 곳마다 적어 놓고 싶은 날이다. 이름을 적는 동안 어떤 꽃은 지고 어떤 꽃은 새로 필 것이다. 꽃잎 날리는 거리처럼 정신없이 바쁜 일상을 살아가지만, 어느 하루 잠시, 아직 채워지지 않은 네모난 하루에 무엇을 담을지 생각해 보는 것도 좋겠다. 그것이 딱 체온과 같은 것이라면 일 년은 얼마나 넉넉하고 따뜻할지 미리 웃어보면서 말이다.

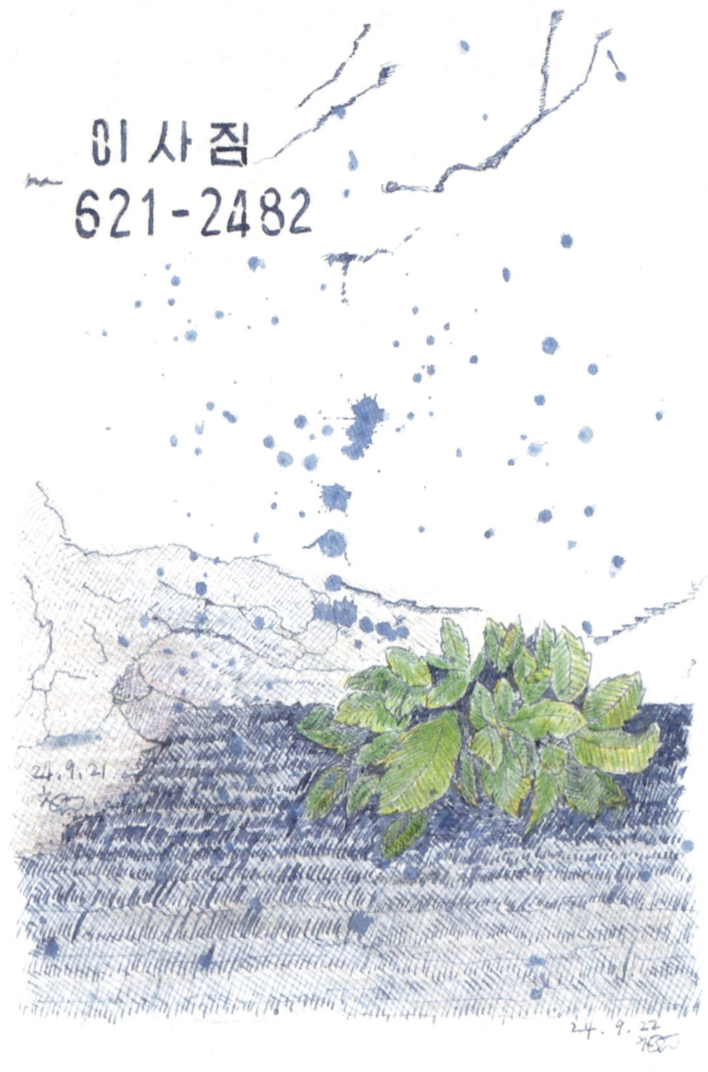
이 사 짐
621-2482
24. 9. 21
24. 9. 22

재
개
발

동네 사람 하나둘 떠나고

늘 다녀가던 길고양이도 보이지 않고

낮은 바람 자꾸 뒤돌아보게 하는

#사람 냄새는 멀리 있지 않다.

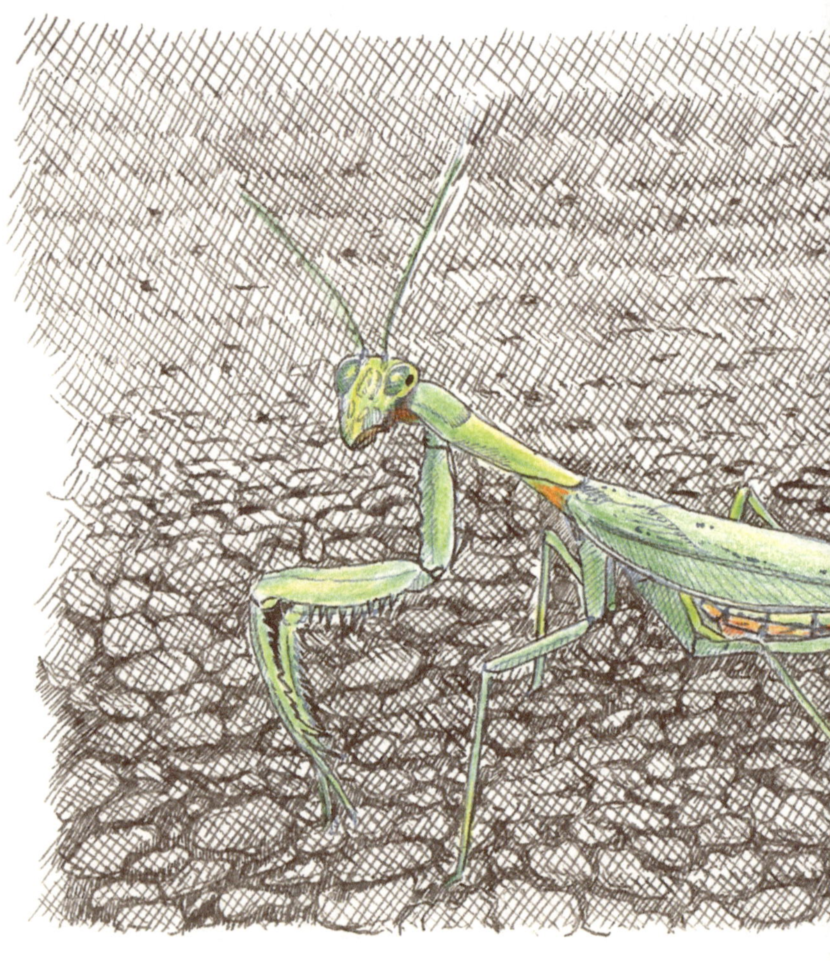

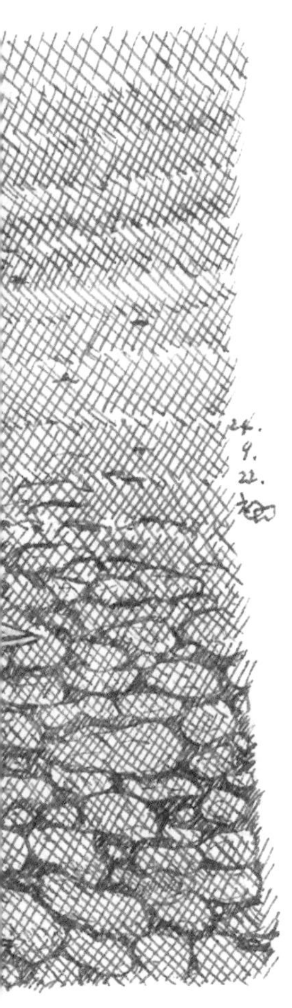

정치

방향이 다르더라도
색깔이 다르더라도
같은 시간을 걷는 것

#당신은 당랑거철이 아니겠죠?

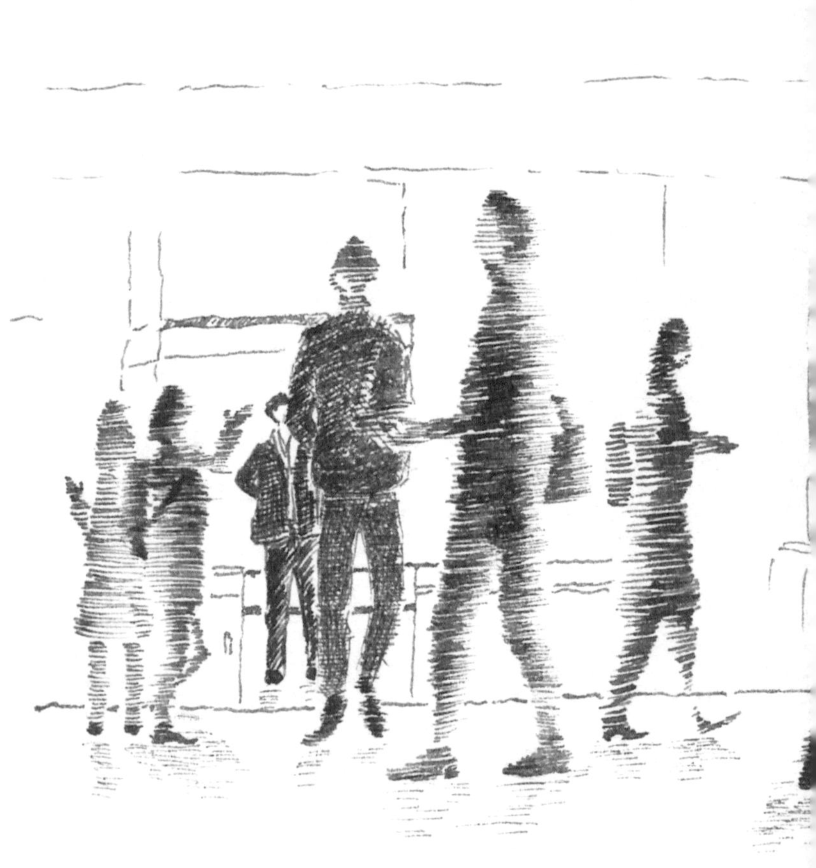

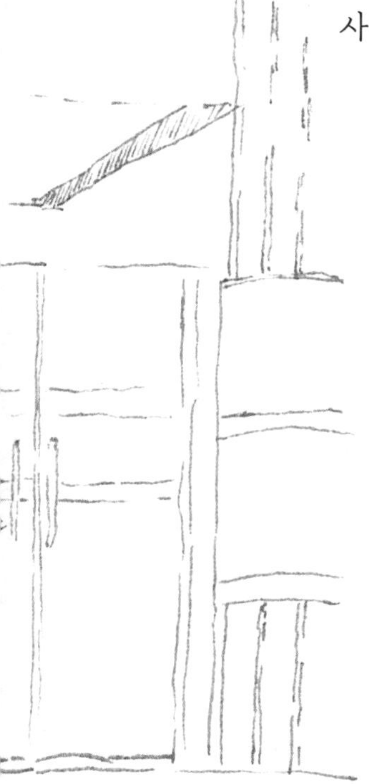

대
합
실

지나간 자리에는 순간만이 남는다

멀어지는 게 더위만은 아니지

사람들 등이 흐려지는 9월 저녁

#방향을 정하고 가는 걸음은 멈칫거리지 않는다.

24. 9. 23

큐브 이야기

초등학생이었나 중학생이었나, 어디서 생긴 건지 기억
도 가물가물한 큐브를 맞추겠다고 끙끙거렸던 적이 있다.
3×3×3 큐브라고 불리는 녀석을 잡고 이리 돌리고 저리
돌리면서 각기 다른 색으로 되어 있는 여섯 면을 맞추는
일은 구구단을 외우는 것에 비할 바가 아니었다.

덧셈 뺄셈을 익히고 초등학교에 들어간 나는 수학 시간
에 따로 배울 게 없었다. 문제는 곱셈이었는데, 설명을 듣
는 둥 마는 둥, 곱셈이란 말을 들어 보지도 않은 거 같은
데, 월말고사에 나온 곱셈 문제를 전부 틀리고 말았다.

'왜 덧셈 기호가 기울어져 있지?' 이런 생각이 시험지
를 보며 가졌던 의문이었고, 모든 곱셈을 덧셈으로 풀어

버린 내 시험지는 0점이었다. (돌이켜 생각하면 2×2는
왜 문제에 없었는지 궁금하다. 그 문제가 있었으면 한 문
제는 맞혔을 텐데.)

빨간 색연필로 한가운데 커다랗게 0이라고 쓴 시험지
를 들고 엄마에게 보이면서도 나는 덧셈 기호가 왜 기울
어졌는지 내내 그것이 궁금했고, 엄마에게 종아리를 맞고
책받침에 적힌 구구단을 외우면서야 덧셈과 곱셈은 기호
가 다르다는 걸 알았다.

모양은 같은데 기울기만 다른 두 기호를 받아들이기란
쉽지 않았다. "이건 덧셈 기호고, 저건 뺄셈 기호고" 이런
주입식 설명이 아니라, 모든 기호는 전 세계 사람들이 사
용하는 약속이라고 말해 주었으면 이해하기 쉬웠을 것
이다.

한때 학원에서 수학 강의를 한 적이 있는데, 그때 나와
똑같은 궁금증을 가졌던 학생이 있었다. "기호마다 만들
어진 유래가 있는데 그것들을 찾아보는 것도 공부겠지만,
기호는 약속이고 수학은 약속의 학문이다."라고 말해주
었다.

아무튼 나는 곱셈을 익히기 위해 구구단을 외우면서 주어진 세 개의 숫자가 서로 연관되어 있다는 걸 알게 되었고, 곱셈과 나눗셈이 같은 원리라는 걸 한꺼번에 깨우쳤다. 그때가 만 나이 7살이었다.

몸으로 얻은 경험은 오래간다. 손으로 익힌 감각이나 발이 기억하는 운동처럼 세월이 지나고도 저절로 반응하는 동작이 있다. 큐브도 그랬다. 어릴 적 만져본 게 전부인데 기준면을 정해 맞추고 옆면을 채우는 중간 단계까지 기억과 상관없이 저절로 손이 움직였다.

하지만 여전히 공식을 알지 못하는 나는 기준면과 옆면 두 줄을 같은 색으로 채우는 데서 멈춰야 했고, 큐브의 원리를 스스로 터득하기에는 머리가 녹슬어 버려 구구단을 외울 때처럼 해법을 먼저 익히기로 했다.

수학적 개념과 비수학적 개념은 어떤 차이를 가질까? 3×3은 왜 9일까? 6면의 크기가 같은 입체를 왜 정육면체라고 부를까? 돌멩이는 어떻게 말하고 바람은 언제 잠을 잘까? 돌리고 돌려 제 모양을 갖춰야 하는 게 세상은 아니다. 삐뚤어지고 기우뚱거리고 모나고 어긋나고 해답이 없는 질문은 어떻게 돌려야 할까?

머리로는 그다지 유용하지 않은 물음을 떠올리고 눈으로는 드라마를 보며 큐브를 돌리다 보면 어느새 큐브는 같은 색끼리 모인다. 누군가는 원리를 만들고 누군가는 결과를 누린다. 45도 기울어진 덧셈 기호를 곱셈이라고 약속한 세상과 45도 기울어진 나눗셈 기호를 백분율이라고 말하는 세상도 필요하고, 칠 벗겨진 철 대문의 녹이나 쭈글쭈글한 할머니의 손등처럼 공식 없이 쌓인 경험도 소중하다.

나는 겨우 해법을 통해 한 가지 큐브를 맞춘다. 2×2×2 큐브, 4×4×4 큐브, 피라밍크스 큐브, 메가밍크스 큐브 등 종류도 많고 이름도 낯선 큐브를 하나씩 만져 볼까 싶다. 빨리 맞출 필요는 없다. 굳은 머리로 원리를 파헤치는 것도 버거우니 답을 보고 한 단계씩 세상을 돌려 보는 것으로도 넉넉하다.

3×3×3 큐브를 다시 섞는다. 지금은 손놀림이 어느 정도 익숙해졌다. 그런데 꼭 같은 색깔끼리 맞춰야 정답일까? 나는 손을 멈추고 한참 큐브를 바라본다. 틀을 벗어나지 않은 채 그 안에서 뒤섞인 색들이 0점부터 100점까지 다양하게 기울어진 교실처럼 자유롭다.

3부

지금
쉼 하나
떠오르지
않나요?

나
이

덮이고 덮여도
두께가 되지 못하는
발자국들

머물 수도 없고
되돌아오지도 않는

#올라가도 내려가도 끝은 존재한다.

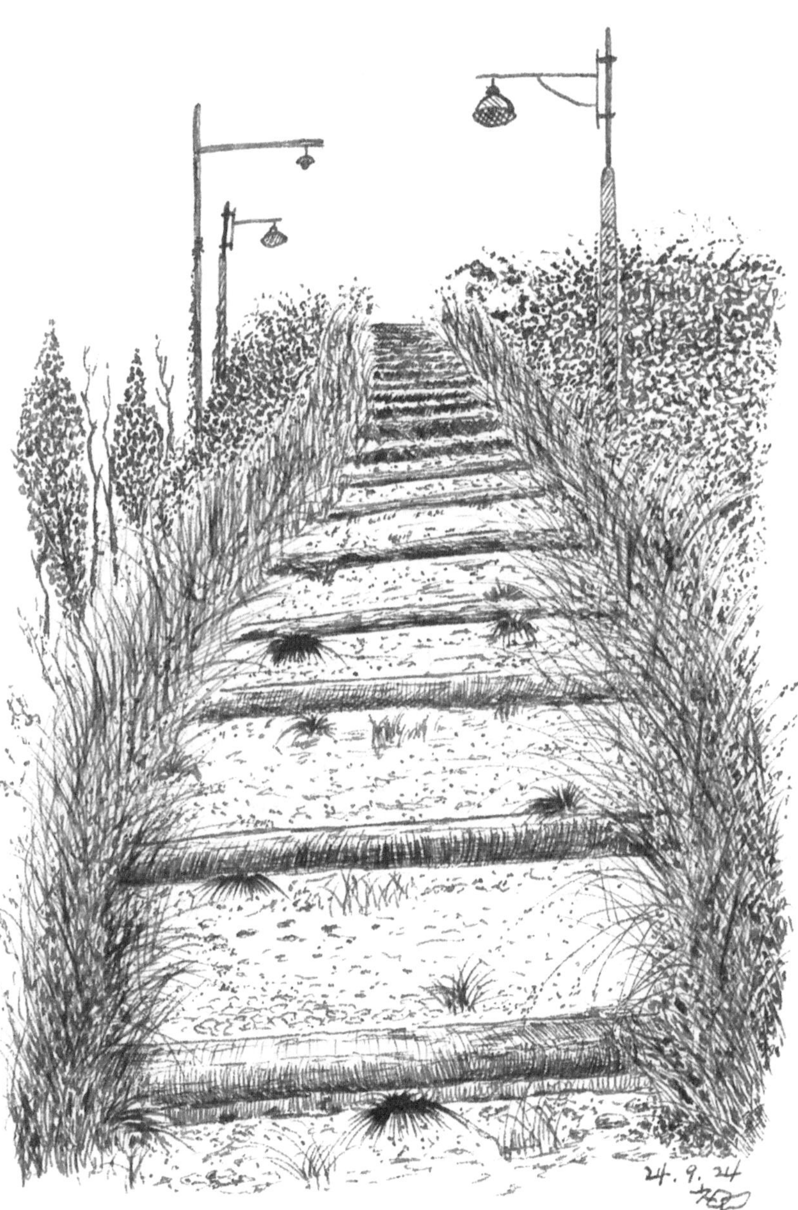

24. 9. 24

먼지

　집을 청소한다. 추억과 미련이 뒤섞인 것들은 쌓일수록 분리하기가 쉽지 않다. 오래되어 흉터가 흐려진 일기장이나 사진 뒤에 또 한 장의 사진을 숨겨 놓은 앨범처럼 몰래 쌓인 것은 무엇이든 아슬하다.

　계절이 덮은 두께를 걷어 내는 동안 슬그머니 외사랑 같은 볕에 기대 본다. 겉부터 데워지는 기억의 난반사에 눈이 시리다. 보내지 못한 편지를 책꽂이에서 발견하고 거기에 적혀 있는 이름을 보며 웃음 짓는 일처럼 멈춰 있던 시간의 체취에 잠시 머물러도 좋은 계절의 끝.

　손바닥으로 햇살을 담아 서재로 가져간다. 이만큼이 공짜다. 철마다 자리를 바꾸는 옷가지와는 달리 서재 벽을 차지하고 있는 책장은 건드리기가 쉽지 않다. 읽지 못한 채 아무렇게나 꽂아 둔 책들도 꽤 많다. 먼지가 덮인 책들을 꺼내 순서 없이 쌓는다. 종이와 종이가 맞닿아 쏟아내는 소란에 귀 기울이는 건 미뤄 둘 일이다.

책을 모두 꺼낸 후 책장을 들어낸다. 방바닥과 벽이 만난 모서리에 먼지가 수북하다. 모서리는 어두운 변방이다. 관심과 거리가 먼 몸짓의 조각들이 모여 있다. 대부분의 먼지는 내게서 떨어져 나간 흔적일 것이다. 한때 내 일부였던 머리카락도, 동전도, 잃어버린 줄 알았던 검정 볼펜, 전화번호를 적어놓은 메모지도 구석에서 얼마를 보냈는지 알 수 없다.

무언가와 만나고 부딪쳐 생긴 자리에서 우선 크기가 큰 물건들을 골라낸다. 다른 가구와 달리 책꽂이 주변의 먼지는 조용하다. 툭 건드리면 더듬더듬 소설 단락 하나쯤은 채울 것만 같은데 후미진 곳에 모여 있는 소리는 대개 추레하다. 물끄러미 고개를 든 채 바람에 밀려 구석으로 몰려가는 몸짓들.

책장 먼지는 읽지 않은 책들의 각질이 아닐까? 원래의 이야기가 뭐였는지 찾아내기 힘들 정도로 잘게 부서진 소

란을 더듬어 분리된 음절을 맞춰본다. 낱말이 되지 못한
채 껍질만 남은 목소리가 힘없이 주저앉는다.

글자에도 무게가 있다면 먼지의 무게는 얼마나 될지.
지하방에서 혼자 죽은 노인은 신문 기사로 나오고서야 비
로소 무게를 가졌다. 잉크가 굳은 볼펜으로 가족들 이름
을 꾹꾹 눌러쓰느라 골짜기처럼 자국이 생긴 공책에도 먼
지가 덮여 있었다고 했다. 세상의 맨 구석에서 먼지의 언
어로 마지막 고백을 남긴 할아버지는 무엇의 부스러기였
는지.

세월의 부스러기는 쉽게 멀어지지 못한다. 가볍고 허약
한 것들이 모여 있는 구석에서 웅얼거리는 소리가 들린
다. 귀를 낮춘다. 그러고 보니 계절의 틈마다 가만가만 뭉
친 흔적을 잊고 살았다. 털어내도 쉬 가벼워지지 않는 숱
한 기억의 흉터들. 그것들은 조각을 분실한 퍼즐처럼 끼
워 맞춰도 금세 모습을 회복하지 않는다. 그런 빈자리마
다 저린 기억들이 달라붙는다.

언제가 될지 모르지만, 단체 사진 속 짝사랑이나 암호
로 적어 놓은 일기장이 먼지가 되고, 지하에서 혼자 떠난
할아버지처럼 먼저 떠난 사람에 대한 기억이 작아질 때면

그 틈으로 볕이 조금 더 진해질지도 모른다.

계절을 걷어 낸 자리는 다른 계절이 차지할 것이다. 조금 따뜻하게 흔들려도 조금 오래 햇살에 취해도 괜찮을 오후, 미련은 비슷하게 반복되지만 새로 채우기 위해 옛것을 비우기로 한다.

누적된 시간을 빨아들이기 위해 청소기를 켠다. 오래된 소리가 뒤섞여 사라진다. 책장 뒷면까지 꼼꼼히 닦고 바닥을 걸레질한다. 제 몸을 녹인 채 바닥에 달라붙은 때가 벗겨진다. 내 것이라고 믿었던 집착들이다.

비우는 건 지나간 한때를 되짚는 일이다. 다음 청소를 할 때까지 먼지는 또 깊고 어두운 구석을 찾아 모일 거라는 걸 알지만, 겹으로 쌓였던 아우성을 떠나보내면 구석은 새로운 시간을 준비할 것이다. 흐름이다. 흐름의 마디가 분절되는 순간 뱉어낸 신음들, 별개가 될 수 없는 옛 분신들, 거기에도 사연을 드러내지 않은 채 바뀐 계절이 찾아올 뿐이다.

책머리에 달라붙어 있던 먼지를 털어 내고 장르별로 책을 나눠 꽂는다. 읽지 않은 책은 앞으로 조금 빼어 쉽게 찾을 수 있게 한다. 얼마의 시간이 지나면 튀어나온 책들도 안쪽의 깊이를 지닐 것이다. 그러다 보면 책장 주변에 쌓인 먼지의 말을 알아듣고 먼지의 무게만큼 세상에 말할 수 있지 않을까. 한 철을 덜어 낸 자리로 새로운 계절이 들어오고 있다.

응시

걸어서도 굴러서도 디딜 수 없는 바깥

몸 가벼워진 후에 빛을 얻으셨습니다

서로 다른 곳을 보고 있다는 걸 나중에 알았습니다

#가슴이 환할 때 등은 어두운 법이지.

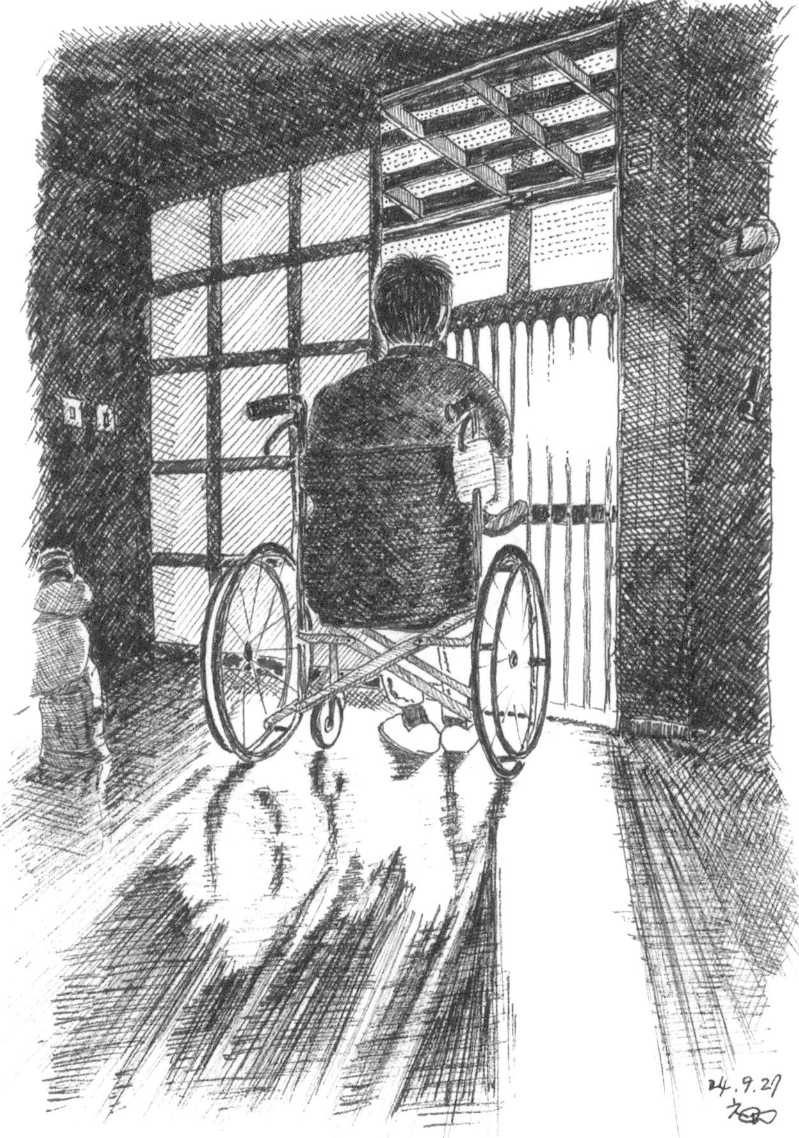

반영

잘린 기억은 바닥 가까운 곳에서 다시 자란다. 불쑥 입에서 흘러나오는 옛 노래처럼 재생되는 단편들. 바닥을 가르며 튀어나온 기억은 필름을 거꾸로 돌리듯이 과거로 걸음을 옮겨 놓는다. 뜬금없이 입에서 흐른「눈물 젖은 두만강」처럼 말이다.

"두만강 푸른 물에 노 젓는 뱃사공 흘러간 그 옛날에…"

아홉 살 때, 대문 오른쪽 기둥 옆에 은행나무 묘목을 심으시며 아버지는 이 노래를 알려 주셨다. 땅을 파고 어린 뿌리가 다치지 않게 꾹꾹 흙을 밟으며 한 소절씩 따라 불렀다. 노랫말보다 슬렁슬렁 넘어가는 어른의 가락을 배우는 게 마냥 재밌기만 했다.

월세에 전세에 이사가 잦았던 아버지는 낯선 땅에 뿌리를 내리는 어려움을 떨쳐내려는 듯 처음 마련한 집 곳곳에 나무를 심으셨다. 그중 단연 키가 큰 것은 은행나무였다. 동네 어귀에서 제일 눈에 띄던 은행나무는 숨바꼭질 술래의 자리였고 해거름에 돌아올 지표였다. 그것은 마치 아버지의 어깨처럼 어둠에도 방향을 놓치지 않는 든든함이었다. 하지만 추억은 잡을 수 없다. 닿는 순간 사라졌다가 다시 흔들흔들 모습을 드러내는 반영처럼 마음에 있지만 실체가 없는 또 다른 세계.

십여 년을 살았던 집에서 또 이사를 하였고 머지않아 집이 허물어졌다는 소식을 들었다. 그렇게 옥상에서 바라보던 골목의 그늘도 잊혀 갔다. 그런 줄 알았다. 오랜 여행을 마치고 돌아가는 걸음이 저절로 이끄는 장소처럼, 한 소절씩 따라 부르던 옛노래처럼, 문득 기억에 끌려 은행나무가 있던 집터를 다시 찾기 전까지는 그랬다.

은행나무는 밑동만 남고 잘려 있었다. 골목은 그대로인데 30년 넘게 대문 앞에 머물던 나무는 사라지고 없었다. 그늘이 드리운 골목을 보니 누워 자라는 나무 같았다. 한 걸음만 떼면 누워 있던 나무가 벌떡 일어설 것만 같은데 상상은 매번 꼬깃꼬깃 접힌 기억에 부딪혀 튕겨 나갔다.

그늘에는 그늘만 있고 어둠을 파헤쳐도 반영된 기억에는 어둠뿐이다.

밑동이 잘린 뿌리는 입을 열지 않았다. 들깨 밭이었던 곳에도 집들이 들어섰고 골목은 더 낮아졌다. 천천히 걸음을 떼면서 나는 조금씩 어려졌다. 되돌아 걸을 수 있다는 건 그만큼 기억이 굵어졌다는 것이다. 은행나무 곁으로 술래잡기하던 친구들이 하나둘 모여들었다. 내가 어려질수록 동네도 옛 모습으로 어려졌다. 거기에 자전거를 타고 퇴근하는 아버지가 있었다. 초록색 대문을 열고 마당에 자전거를 세우는 아버지는 뒷모습뿐이었다. 혹시 되돌린 기억은 어떤 노래가 그러하듯이 뒷모습까지도 재생시켜 주는 것이 아닐까. 아버지를 따라 걸었다.

"흘러간 그 옛날에 내 님을 싣고 떠나간…"

가족들이 모두 떠난 빈집을 보며 은행나무는 밤에도 노래를 부르며 서 있었을 것이다. 집이 부서지고 터만 남은 땅에서 껍질이 굵어지도록 기다렸을지도 모른다. 나이테는 웃음소리만 기록하진 않았을 것이다. 줄기를 쓰다듬던 손바닥 주름도, 아버지의 지친 어깨도 오래 보았을 것이다.

나의 걸음은 독백이다. 이렇게 걷는다고 해서 내가 아버지의 걸음을 닮을 수는 없다는 걸 안다. 내가 오롯이 기억하고 있던 아홉 살의 하루를 아버지는 기억하지 못할지도 모른다. 탈색된 기억은 누구의 책임도 아니다. 그래서 반영은 늘어진 카세트테이프처럼 왜곡된 소리를 지닌다. 변형된 소리는 잔상이 오래 남는다. 사라졌으나 사라지지 않은 기억 속에서 나는 혼자였다.

나이테를 세어 보는 일이 무슨 의미가 있을까마는 나는 쪼그리고 앉았다. 정말 가슴보다 아래 박힌 기억은 오래되어도 어두워지지 않는 것일까. 죽은 줄로만 알았던 은행나무가 밑동에서 끈질기게 잎을 피워내고 있었다. 마치 아버지가 내게 알려주었던 노래를 자신도 기억하고 있다는 듯, 나를 기다렸다는 듯 말없이 그 자리에서 살아있다고 신호를 보내고 있었다.

"그리운 내 님이여 그리운 내 님이여 언제나 오려나"

저 느린 호흡이 내 걸음을 오래 멈추게 한 것이다. 가만히 귀 기울이면 탁주 한 사발 마신 목소리로 노래를 부를 것만 같은 은행나무. 밑동, 짧은 가지에 매달린 잎이 흔들린다. 반갑다고, 잘 지냈냐고, 보고 싶었다고.

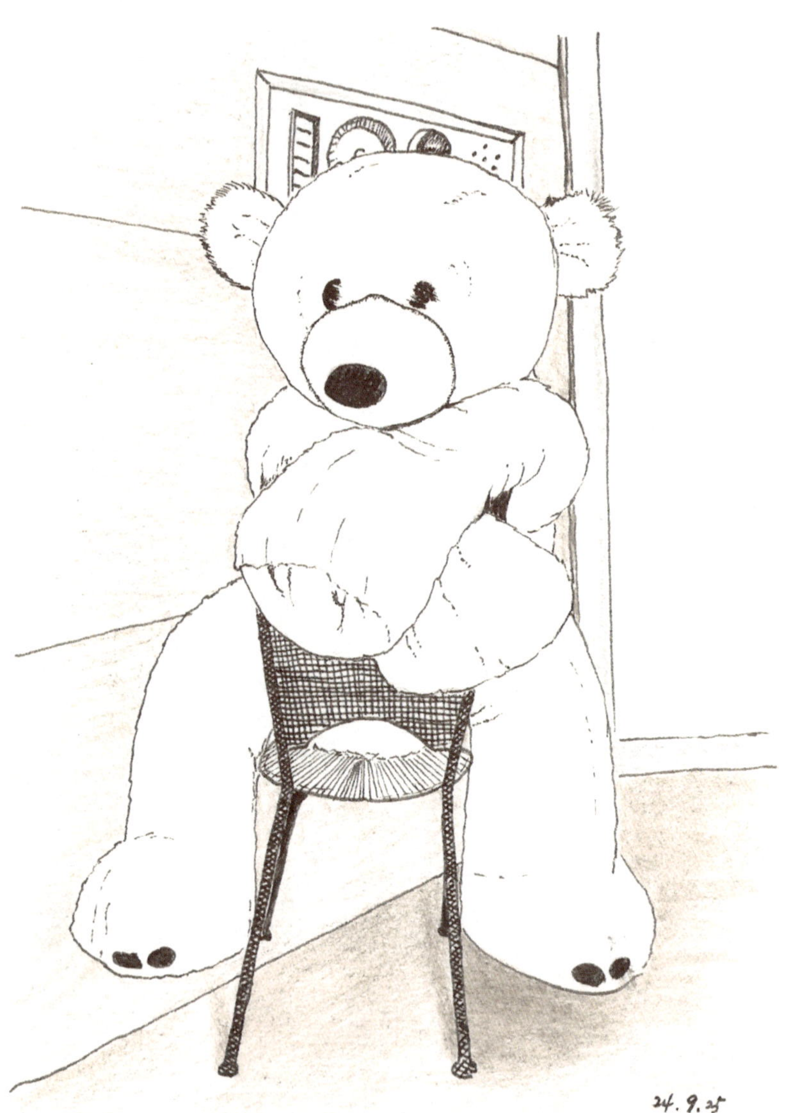

24. 9. 25

사
회
계
급

오늘은 무엇이 되어 하루를 견딜까
주머니 속 꼬깃해진 쪽지처럼 부스럭대다가
구석으로 밀려나는 사람들
누구도 부르지 않는, 사람 아닌
사람들

#내 눈을 바라보지 마세요.

값

<공주축산 개업 기념 20% 할인> 플래카드 앞에서 바람 인형이 춤을 춘다. 일정한 규칙 없이 움직이는 몸이 신기하게 음악과 맞아떨어진다. 온몸에 바람을 넣어야 움직일 수 있는 인형의 삶은 수동적이다. 세상에 적응하는 방법을 바람에서 터득한 바람 인형이 춤사위를 이어간다. 음악과 춤에 걸음을 멈춘 사람들이 공주축산으로 들어간다.

사람들은 끊임없이 무언가를 사고판다. 거래되는 상품 중에는 강아지도 있다. 강아지 역시 등급에 따라 가격이 정해진다. 강아지의 몸값은 불확실한 미래를 잠정적으로 예측할 수 있게 한다. 가격은 일종의 신분증인 셈이다. 강아지가 처음으로 신분을 부여받는 장소는 경매장이다.

경매는 일주일에 한 번 열린다. 경매 번호는 도착한 순서대로 정해진다. 이 바닥의 규칙이다. 서둘러 도착한 사람들이 모여 잡담하거나 서로의 상품을 살펴본다. 아침부터 구름이 짙다. 바람이 불 때마다 경매장 담벼락 밑을 개털이 뭉쳐 구른다. 대형견부터 강아지까지 접수가 끝나면 경매가 시작된다.

"사십일 된 암컷 요크셔테리어, 이빨 교합 잘 맞고요. 귀 잘 섰습니다. 삼십만 원부터 시작합니다. 삼십만, 삼십오만, 사십만…"

누가 버튼을 누르는지 아는 사람은 경매사뿐이다. 단 한 명이 남을 때까지 가격은 올라간다. 결정과 포기는 오로지 입찰자의 선택에 달려있다. 경매사가 부르는 가격이 오를 때마다 번호판에 켜진 불은 점점 줄어든다. 요크셔테리어는 7번에게 낙찰되었다. 해피애견 박 사장이다. 그는 육십오만 원에 사들인 강아지를 살피며 만족스러운 표정이다.

경매가 많은 날은 천여 건에 이른다. 낙찰가의 10%가 경매장 수수료다. 판매자와 구매자가 각각 5%씩 부담한다. 경매가가 높을수록 경매장의 수익도 증가한다. 수백만 원에 이르는 고가의 강아지부터, 번식을 위한 종견이나 모견, 또 환불이나 취소가 불가능한 '묻지마'까지 경매는 다양하다. 경매장에서 일하는 동안 유독 내 관심을 끈 것은 흔히 잡종이라 부르는 똥개였다. 기본 일만 원부터 거래되는 어린 똥개들은 언제나 경매 끝 순위였다.

"견주가 진돗개와 말라뮤트를 같이 키웠는데, 사고로 태어난 녀석입니다. 묻지마로 일만 원부터 시작합니다."

순종을 사려고 몇 시간 앉아 있던 사람들에게 똥개는 그냥 웃기는 개다. 웃긴 개는 값이 없다. 태어나면서부터 정해진 신분이다. 아무리 미용으로 위장해도 바꿀 수 없는 운명. 똥개로 불리는 생을 살아야 한다는 걸 모르는 강아지들이 쉬지 않고 꼬리를 흔들고 있다.

경매장에서 제일 먼저 배운 것은 개 종류였다. 치와와, 사모예드, 리트리버, 몸집이 작은 개, 몸집이 큰 개, 색깔 등 다양한 방법으로 개를 익혔다. 같은 어미에게서 태어난 강아지들이라도 등급이 달랐다. 그러나 똥개는 등급 외로 분류되는 잡종일 뿐이었다. 비싼 것과 싼 것으로 서열과 신분이 정해지는 세상에서 똥개는 어디에도 속하지 못했다.

경매 내역을 실시간으로 컴퓨터 프로그램에 입력하는 일이 내 담당이다. 매 건마다 경매 기록은 정확해야 한다. 영수증은 신분증명서나 다름없다. 금액과 낙찰자를 입력하면 강아지는 소속이 바뀐다. 애견센터로 흩어진 강아지들은 새 주인을 만나기 전까지 대기 상태가 된다. 본인들의 의지와 상관없이 누군가에 의해 좌우되는 삶이 개에게만 있을까.

살아가는 동안 어떤 사람은 웃음을 팔고, 어떤 사람은 시간을 판다. 형체의 유무와 상관없이 조건만 맞으면 사고파는 세상이다. 더 좋은 물건을 손에 넣으려는 사람들은 마음에 정한 가격까지 흥정을 멈추지 않는다. 하지만 팔고 싶어도 팔 것이 없는 사람도 있고, 사고 싶어도 살 수 없는 사람이 있다. 웃음까지 모두 내다 팔아 울음만 남은 사람들. 경매장을 기웃거려도 울음을 구입하려는 사람은 없다. 유찰이다. 똥개처럼 유찰된 인생을 살아가는 사람들은 꼬리를 흔들 힘조차 없다.

경매가 모두 끝날 때까지 어린 똥개는 팔리지 않았다. 움직이는 인형 신분을 얻고 살게 될 강아지들이 모두 떠나고 똥개는 진짜 똥개 신세가 되었다. 시골 할아버지 댁 마당을 뛰놀던 덩치 큰 똘똘이처럼 친구가 되어주던 개는 이제 추억의 풍경일까.

순종이 아니라는 이유로 한 마리도 팔지 못한 농장주가 강아지를 상자에 담고 있었다. 사람들을 배웅하고 들어온 경매사가 밖에 눈이 내린다고 했다. 저 어린 똥개들은 아무것도 모른 채 오늘 밤 어미 곁에서 따뜻하게 잠을 잘 것이다. 팔리지 않았다는 건 가격이 정해지지 않았다는 의미로 볼 수도 있지만 그렇다고 녀석들의 신분이 달라지는 것은 아니다. 똥개로 살아가기엔 아직 어린 다섯 마리 잡종 중에 접수할 때부터 유독 재롱떨던 한 녀석이 눈에 밟힌다.

"사장님, 그 녀석 저한테 파실래요?"

"개판에서 몇 달 있었다고 개 볼 줄 아네. 키우려고? 키운다고 하면 그냥 주고."

막 상자에 넣으려는 강아지를 잡고 농장주가 나를 바라보며 웃는다. 개판을 왕래한다고 마음까지 파는 건 아닐 것이다.

세상은 다양한 몸값으로 짜여 있는 철장이다. 철장 안

에서 야생의 습성은 약점이다. 바람을 불어넣을 때마다 춤을 춰야 하는 바람 인형처럼 잘 조련된 사람이 대접받는 세상. 주변으로 밀려나는 똥개처럼 다양한 잡종들이 모여 사는 변두리는 과연 삼류일까. 강아지가 내 손을 핥으며 연신 꼬리를 친다. 강아지를 쓰다듬는다. 체온을 동반한 교감은 따뜻하다. 재롱을 부리는 모습에 저절로 눈웃음이 지어진다. 만약 웃음도 거래된다면 지금 나의 웃음은 얼마에 낙찰될까.

선물로 받은 강아지처럼 가격을 매길 수 없는 것이 있다는 게 좋다. 나는 어린 똥개에게 새로운 신분을 부여했다. 친구다. 넓은 마당을 맘껏 뛰놀던 할아버지네 똥개가 괜찮은 친구였듯이 이 녀석도 새로운 추억으로 쌓일 것이다. 추억은 그 끝에 고리가 있어 언제든 다시 이을 수 있다고 믿는다. 밖엔 제법 굵은 눈이 고르게 쌓이고 있었다.

옆집이 또 비었다

금 간 벽을 지우고 구석 거미줄 걷어 내면
누군가 버리고 간 표정에도 체온이 돌까

숨바꼭질하던 아이들 소리
환청처럼 들리는 오후

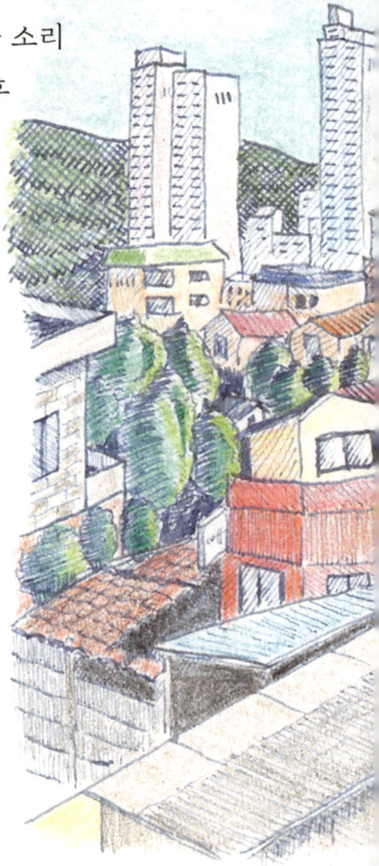

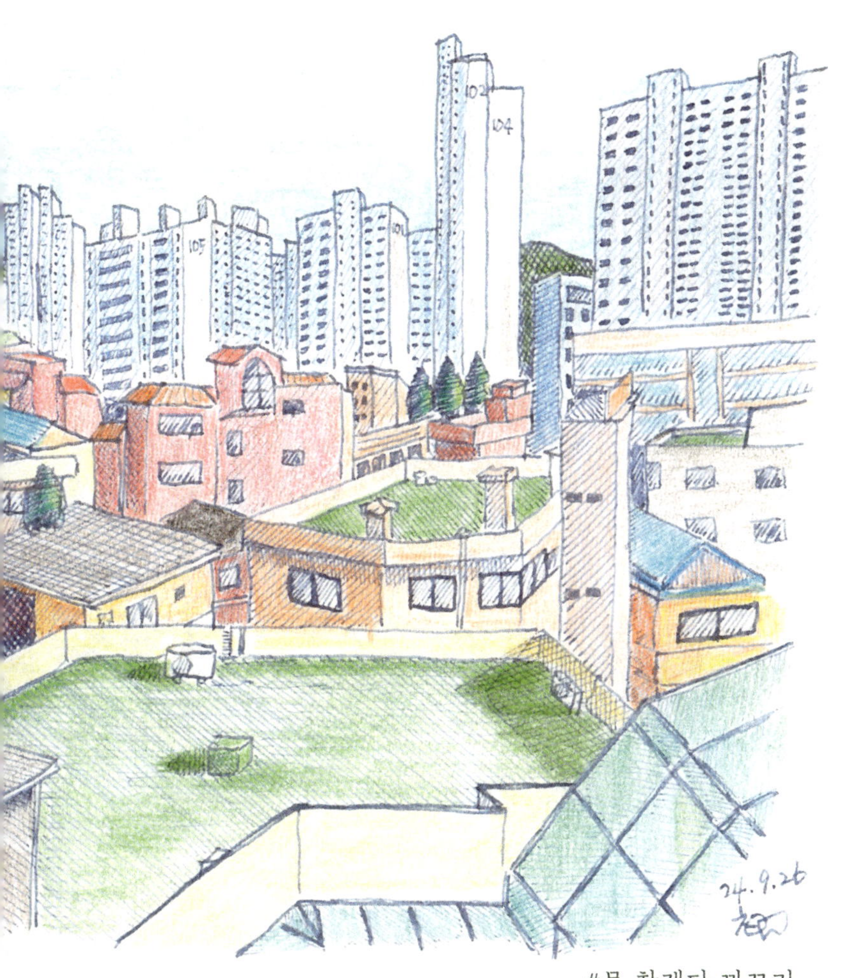
102
104
101
105
24.9.26
#못 찾겠다 꾀꼬리.

휴식

색깔이 빠지기 시작하면 잠시 쉬어야겠지

돌아볼 이름이 있다면 눈을 감아도 좋지

알고 보면, 바닥을 딛고 멈출 수 있는 것도 웃음이지

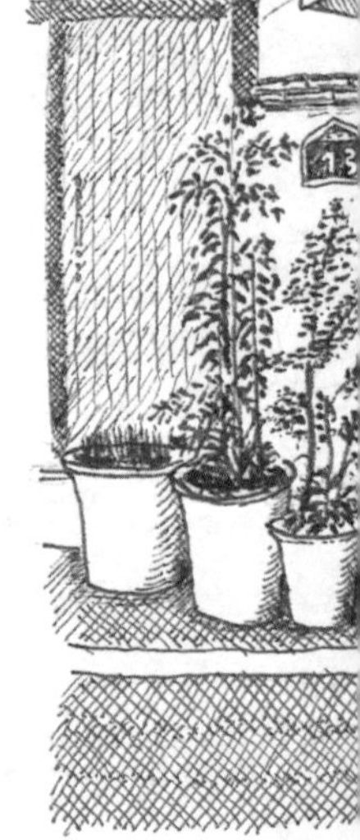

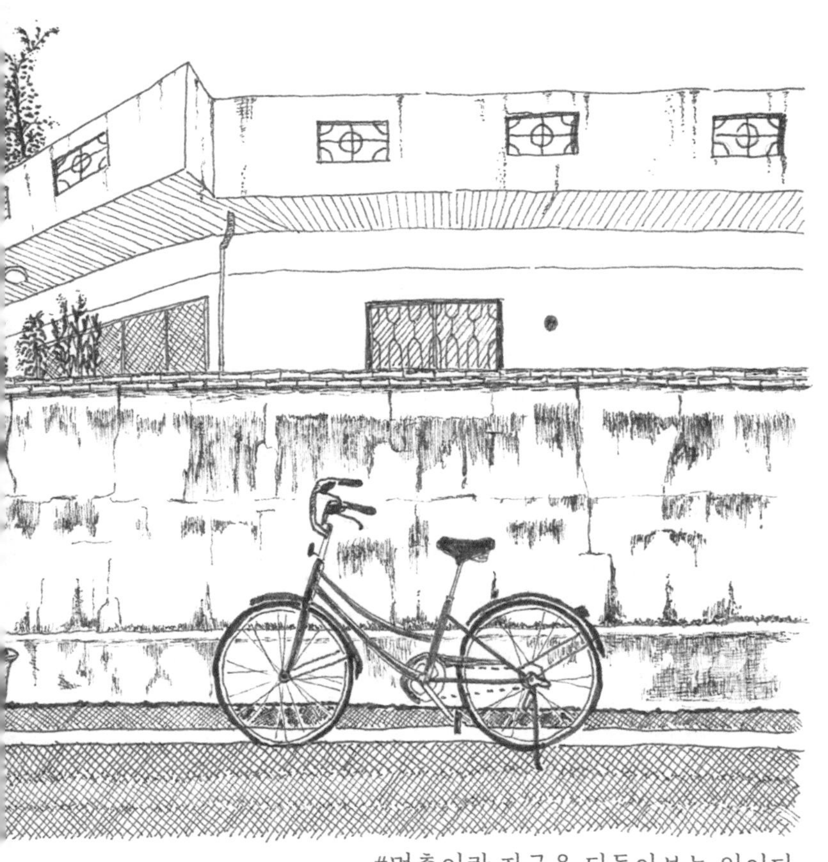

#멈춤이란 자국을 되돌아보는 일이다.

쉬다

발자국이 깊어지거나 짙어질 때가 있습니다. 아무리 주물러도 발목이 어깨가 목덜미가 시원찮을 때가 있습니다. 반복되는 일상이 왠지 무겁고, 식구들이 모여 있는 집이 갑자기 휑하니 보일 때가 있습니다.

이런 증상은 환절기에 더욱 심해지기도 하는데요. 여행은 좋은 처방 중 하나입니다. 잠시 일상을 벗어나 다른 숨 쉬기를 한다고 현실이 달라지는 건 아니겠지만, 멀리 가지 않아도, 여행이라는 말이 지닌 거리만큼은 아니더라도, 지금 하던 일을 멈추고 떠나보는 건 어떤가요?

이렇게 말하면 한가한 소리 하지 말라고 합니다. 먹고 살기 바쁜데 무슨 여행이냐고, 딸린 식구가 몇인데, 돈도

시간도 없다고, 가고는 싶지만 마음처럼 안 된다고, 내년에 아이 졸업하면 한 짐 내려놓을 수 있으니 그때 생각해보겠다고, 이유는 다르지만, 그 말들이 핑계도 변명도 아닌 실제 삶이어서 외려 말을 꺼낸 게 미안합니다.

여행이라는 게 말이 쉽지, 이것저것 챙기다 보면 또 다른 노동이 되기도 합니다. 대개 쉰다고 하면 평소에 안 먹던 거 먹고, 조금 더 자고, 빈둥거리는 정도인데요. 사실은 몸이 아니라 마음이 문제입니다. 끊임없이 소비되는 감정을 쉬게 하지 못하면 다 귀찮아집니다.

엄마는 엄마의 감정을 쉬지 못하고, 취업 준비생은 압박의 감정을 쉬지 못하고, 연애는 상대에 대한 감정을 쉬지 못하고, 직장인, 예술인, 정치인, 체육인 각양의 사람들이 쉬지 않고 감정을 소비해야 살 수 있는 세상입니다.

그래도 하루쯤은, 오늘이라도, 오늘이 아니면 내일이라도, 모레라도, 하루쯤은 감정을 쉬게 하는 건 어떨까요? 하지 못했던 거, 하고 싶었던 거, 반복되는 일상과 다른 무어라도 하루쯤 해보는 건 어떨까요?

사치라고 할 사람도 있을 겁니다. 하루 벌어 사는데 무슨 배부른 소리냐고 하는 사람도 있을 겁니다. 이런 말에 반박하기란 어렵습니다. 몸은 쉬는 데 마음은 쉬지 못하는 사람이 많다는 것도 알고요. 하루 쉬는 게 너무나 불편한 사람도 많다는 걸 알고 있습니다.

그래도 내가 정해서 쉬고 싶은 어떤 하루를 생각하며 나머지 날을 견디는 사람도 있습니다. 밀린 책을 보기도 하고요, 영화를 보기도 하고요, 멀지 않은 곳으로 드라이브를 다녀오기도 하고요, 마음 맞는 친구를 만나기도 하고요, 고향에 다녀오기도 하고요.

머리를 쉬기 위해 탁구를 치기도 합니다. 공을 치는 시간에는 다른 생각을 하지 않아도 좋습니다. 땀을 흘리고 다리를 움직이고 움직임 빠른 탁구공을 보느라 잡념에 빠질 틈이 없습니다. 물론 근심 깊은 일이 있으면 탁구공이 눈에 보이지 않지만, 그건 따로 생각할 문제니까요.

시간도 없고, 돈도 없고, 마음에 여유도 없고, 갈 곳도 없고, 사실 누구나 비슷합니다. 혼자 가기 적적해서 친구를 찾고, 친구랑 가는 게 번거로워 혼자 움직이고, 매일 보는 가족이랑 함께 다니는 것도 별로고, 사람 찾다, 장소 찾다, 시간 찾다, 생각하는 게 귀찮아서 다시 제자리인 경우도 허다합니다.

　그러면 또 어떻습니까. 쉼은 일하고 다른 거잖아요. 쉼이 일이 되어선 안 되잖아요. 즐거워야 합니다. 가벼워야 하고요. 쉰다고 일상이 달라지지 않는다는 거 잘 알고 있잖아요. 비워지지도 않잖아요. 그런데 왜 자꾸 쉬라고 하냐고요?

　어디서 누구와 무엇을 어떻게, 이런 생각에 좋은 것을 넣어 보세요. 상상해 보세요. 좋은 곳에서 좋은 사람과 맛있는 음식을 먹고 대화를 하는 것도 즐겁고, 사람 없는 곳에서 나 혼자 차 한잔 마시면서 멍하니 있는 것도 괜찮지 않나요?

　계획이 우선이 아니라 마음먹기가 먼저입니다. 방식이 없으면 어때요. 흐르는 대로 마음을 내어놓으면 어때요. 가족을 위한 요리도 좋고요, 별 보러 가도 좋고요. 아무것도 안 하면 또 어때요. 하루쯤 아무것도 하지 않아도 그것이 반복되는 하루와 다르다면 그게 바로 휴식인 걸 이미 알고 있잖아요.

　지금 쉼 하나 떠오르지 않나요?

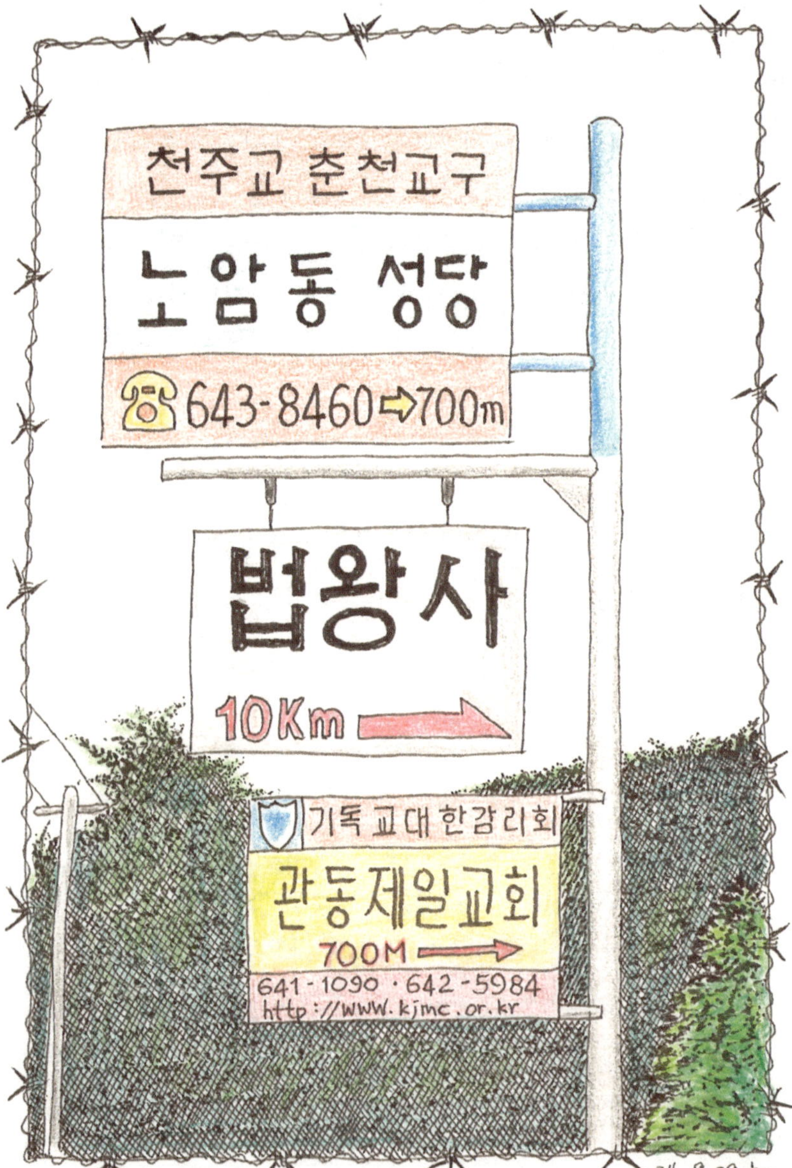
천주교 춘천교구
노암동 성당
☎ 643-8460 ➡ 700m
법왕사
10Km
기독교대한감리회
관동제일교회
700M
641-1090 · 642-5984
http://www.kjmc.or.kr
24. 9. 29

헛

어디에서, 누구에게, 무엇을
빌어야 하나

마음은 이미 감옥인데

#나를 가두는 대부분은 나 자신이지.

이유

키가 조금 더 자랐을 뿐인데

바깥이 궁금했을 뿐인데

사람들의 두 마음을 닮아갔을 뿐인데

\#양면성은 동시에 발생한다.

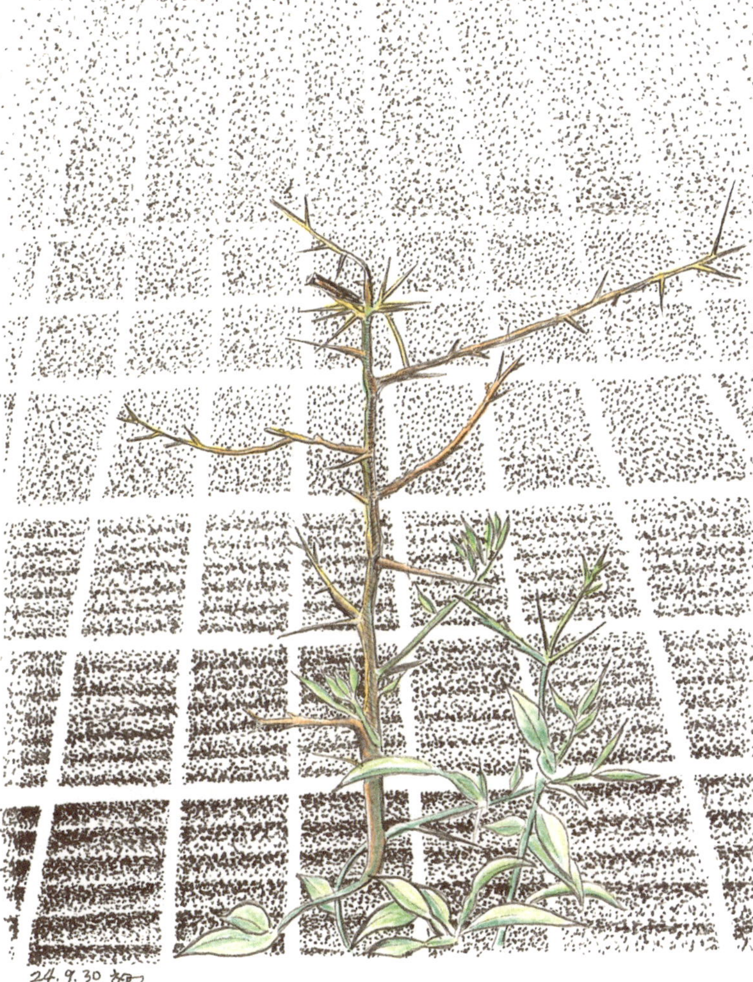
24. 9. 30

속

[명사]

　1. 거죽이나 껍질로 싸인 물체의 안쪽 부분.

　2. 일정하게 둘러싸인 것의 안쪽으로 들어간 부분.

　3. 사람의 몸에서 배의 안 또는 위장.

　보이지 않는 곳이다. 입을 다물면 들을 수 없는 소리다. 드러내고 싶지 않은, 딱지가 생긴 안쪽, 덮어 놓은 가슴 밑바닥, 거기쯤,

　한때 나였던 바람이 잔다. 잠은 넉넉한 우울이다. 낮에도 해가 뜨지 않길 바라며 몸을 뒤척인다. 책을 덮고 자면

나도 글자가 되어 있을까? 바닥은 익숙하다. 한 걸음 떼면 붕 떠오르는 걸음은 불안하여 나는 더디 걷고, 끌리는 걸음을 따라 바람이 일고,

숨 쉬는 동안 바람은 내 속 어디를 다녀가는 걸까? 나는 잠을 자고, 자면서도 생각한다.

나도 볼 수 없는 내 속. 들풀이 자라고 모래바람이 분다. 눈을 뜰 수 없어 아무것도 볼 수 없다. 속인지 겉인지, 걸어도 발자국이 남지 않는 잠결에 출구를 찾는 일은 무모하다. 이대로 얼굴 위로 모래가 쌓이고, 나는 바람이 지나간 모래 속에서 또 잠을 자겠지.

등을 댄 모든 바닥은 관념이다. 시간이 지나도 깨지지 않는 이상한 관념. 손을 돌려도 닿지 않는 가려운 곳처럼 자꾸만 신경 쓰이는 상념들. 꺼내고 싶지 않은데 느닷없이 솟구치는, 수시로 형체가 바뀌는, 나도 잘 모르는.

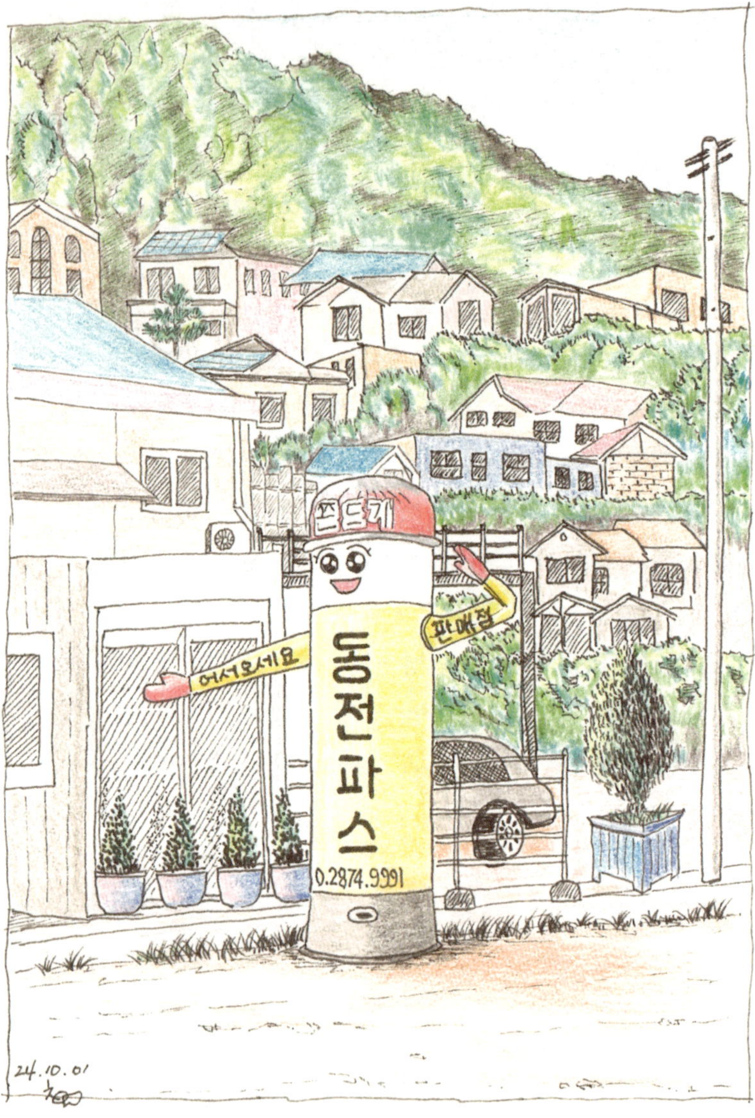
쯔드개
어서오세요
판매점
동전파스
0.2874.9991
24.10.01

파
킨
슨
병

손떨림 심한 어머니
팔에 힘을 줘보라는 자식들 말에
그저 웃으셨다

웃으실 때마다 그림자에서
파스 냄새가 풀썩거렸다

#누군가의 냄새는 떨림으로 간직하기도 한다.

맛

끼니를 위해 음식을 만드는 일이 번거로운 요즘에 밀키트 같은 반조리 식품은 시기적절하다. 데우기만 하면 금방 먹을 수 있는 편의점 음식도 흔하고, 맛집으로 소문난 음식점도 쉽게 찾아다닐 수 있다.

하지만 차리고 치우는 일이 손이 많이 간다고 해서 매번 밖에서 식사를 해결할 수도 없는 노릇이다. 밖에서 밥을 오래 먹다 보면 불쑥 집밥이 떠오른다. 맛 때문일 수도 있겠지만, 집밥이 건네는 고유한 정서 때문이 아닐까.

이따금 익숙한 음식이 아니라 레시피가 없는 요리를 해보곤 하는데, 그중 하나가 두부 스테이크다. 사실 요리랄 것도 없는 게 두부를 프라이팬에 굽고, 적당한 두께로 자른 감자를 살짝 튀기고, 삶은 돼지 뒷다릿살과 양파 버섯 등을 소금 후추 뿌려 같이 볶고, 스테이크 소스에 약간의 케첩과 양파와 물을 넣고 걸쭉하게 졸여 위에 얹으면 끝이다.

나만의 방식으로 내 입맛에 맞게 요리하는 일은 즐겁다. 어떤 재료를 섞어야 어울릴지 상상했던 음식이 실제 눈앞에 놓였을 때, 그리고 그 음식이 내가 생각했던 맛이었을 때 단조로운 일상에 색다른 재미가 되기도 한다.

음식에 대한 최고의 미덕은 누군가 맛있게 먹어줄 때일 것이다. 어머니가 만들어 주신 음식이 매번 거기서 거기의 맛을 내더라도 집을 떠나면 유독 집밥이 간절해지는 이유도 식탁 앞에 앉아 맛있게 먹는 모습을 바라보던 어머니의 흐뭇한 표정 때문이다.

음식에 꼭 들어가야 할 하나를 꼽으라면 무엇을 고를 수 있을까? 좋은 재료는 당연하겠지만 무심한 듯 맛을 조절하는 손이 있다. 흔히 말하는 손맛, 마음을 나누는 그 맛, 바로 정성이다.

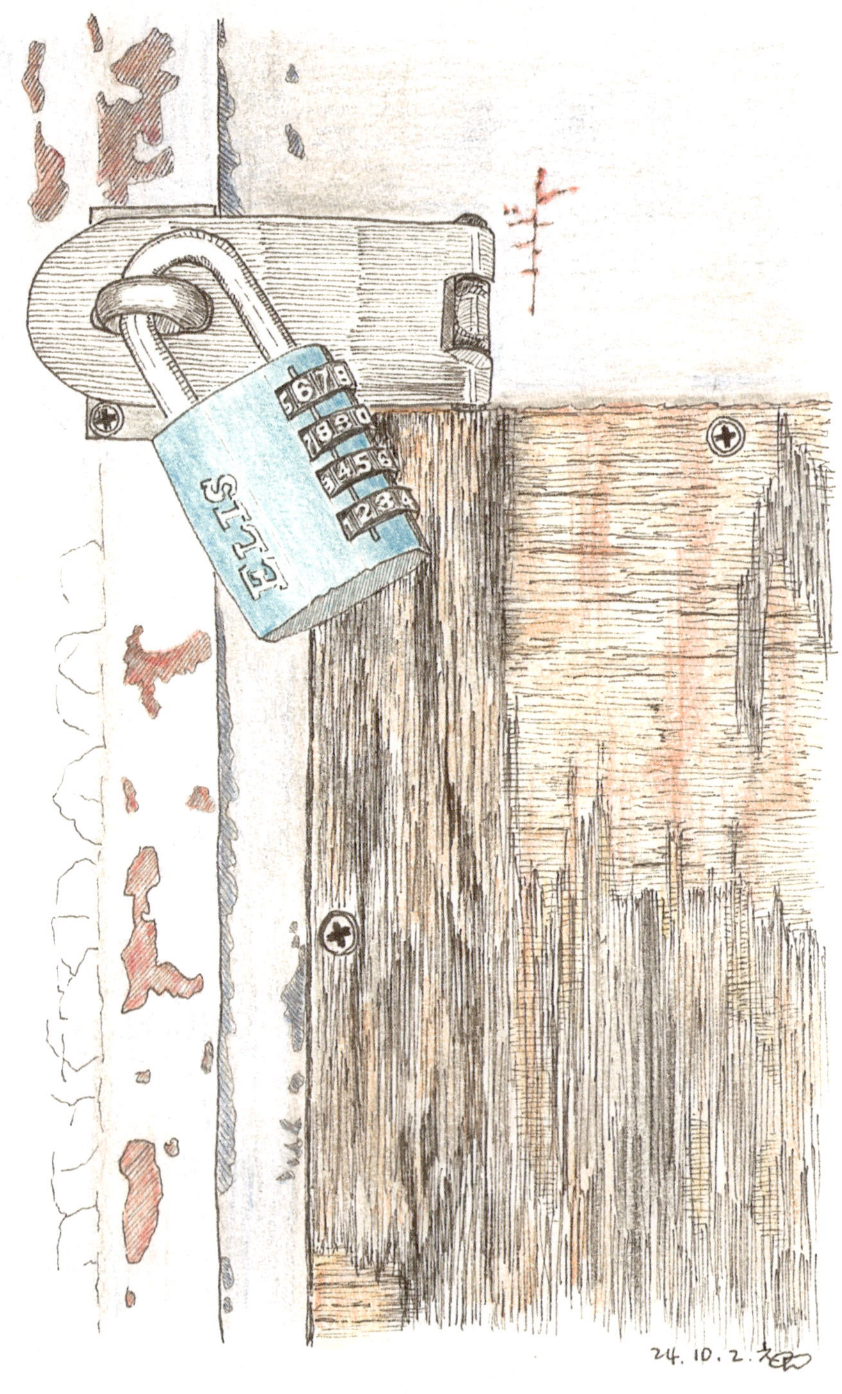

ELIS
24. 10. 2.

마
음
창
고

잡을 수 없는 것들 모두 새어 나가고

서늘하고, 축축하고, 찢기고, 패이고, 닳고, 부러지고, 휘어지고, 갈라지고, 쪼개지고, 깨지고, 모난 것들 수북하다

버리지 못하고 내내 만지작거리는 찌꺼기들

#마음을 꼭꼭 잠가도 환하고 따뜻한 것들부터 빠져나가네.

4부

이제
고개
숙이지
말아요

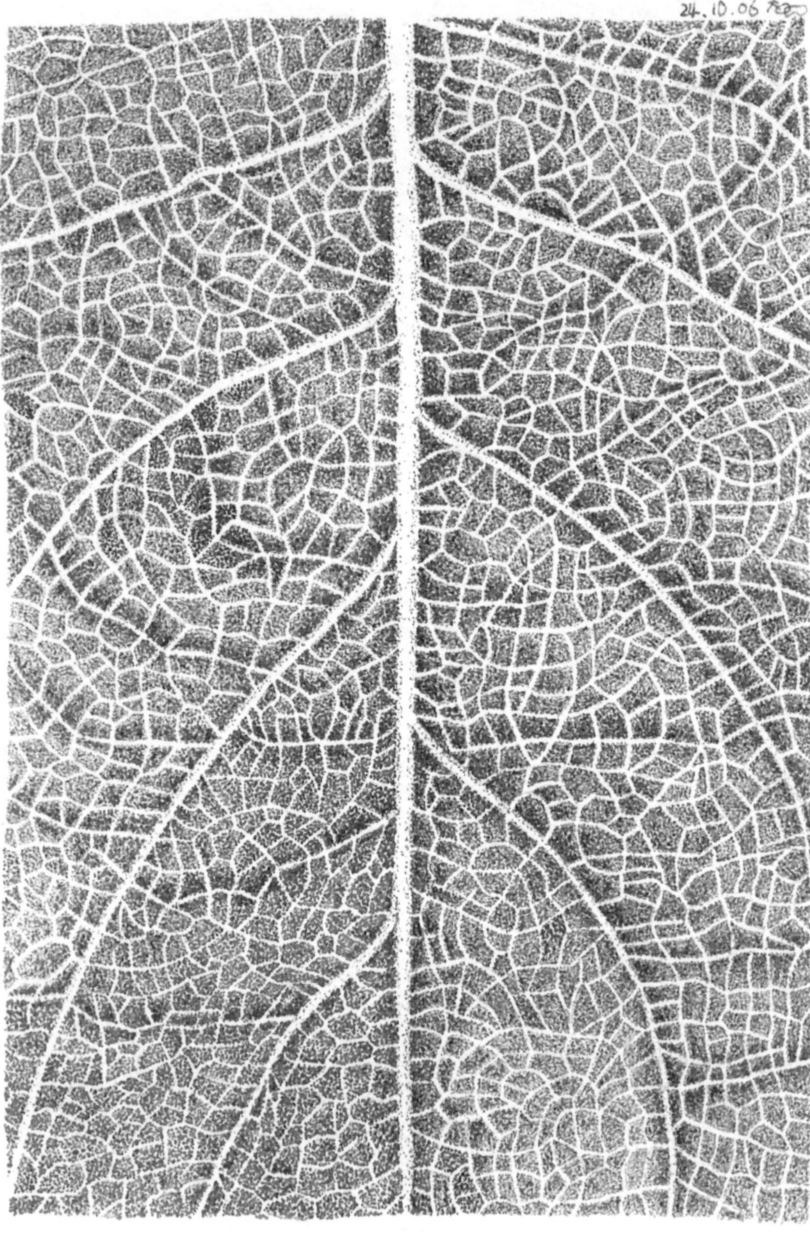
24. 10. 06

엑
스
레
이

흔들리면 마음 부스러기 자식에게 들킬까
실핏줄로 나날을 움켜쥐고 버티시던
엄마의 속내를 보았다

#보호자가 되었을 때 비로소 볼 수 있었던 엄마의 속.

가양동을 아세요?

성남동에 살고 있는데요. 가양동 이야기를 하려고요. 김치찌개 먹으면서 된장찌개 얘기하는 격이죠. 엄마 이야기는 아닙니다만, 이따금 엄마 얘기를 할지도 몰라요.

가양동이요. 엄마가 서른둘에 아버지 따라 이사 와서는 여든넷까지 사셨던 동네거든요. 나이가 정확하진 않아요. 엄마 생일이 음력 12월이라서 셈이 이랬다저랬다 하거든요.

한 살 차이는 그냥 넘어가기로 해요. 오십 년 넘게 한동네에서 살면서 다닌 곳이라고는 교회 시장 은행 대부분 동네였는데요. 처음으로 가족 모두가 제주도 여행 간 게 엄마 나이 쉰다섯 때였어요.

쉰셋에 뇌정맥류로 머리 수술을 받으셨고요, 쉰여덟에 부정맥으로 심장 수술을 받으셨고요, 예순여덟에 위암 수술을 받으셨고요, 일흔아홉에 고관절 수술을 받았습니다.

무슨 로봇도 아니고 엄마는 다시 엄마가 되셨어요. 가족도 살피고 손주도 돌보고 교회도 다니고 자식 때문에 속앓이도 하면서요. 이렇게 큰 수술 네 번 중에 아버지의 정성스러운 간호가 있었다고 한 줄만 남길게요. 지금은 아버지 이야기 차례가 아니니까요.

넉넉하지도 않았고 화목하지도 않은 가정이었지만 가양동이란 이름은 좋았어요. 아름다울 가(佳), 볕 양(陽), 어때요, 따뜻하지 않나요? 그다지 마음 볕 좋은 가정은 아니었지만 그래도 동네에선 나름대로 잘난 집이긴 했어요.

엄마는 장녀였고 그 시절 여건에 중학교밖에 다닐 수 없었지만, 엄마는 머리가 좋았어요. 책을 많이 읽으셨죠. 엄마 옆에서 귀동냥으로 접한 삼국지가 커서 읽을 때 쉽게 읽혔으니까요.

엄마도 자랑거리가 없었을까요. 그런데 참으시더라고

요. 자식들 앞에서만 참고 밖에선 어찌했는지 사실은 잘 몰라요. 앞에 구구단 외우던 이야기했던 거 생각나세요? 그때 빗자루로 종아리를 하도 맞아서 3월에 터진 종아리가 가을에서나 아물었거든요. 상처 때문에 여름에도 반바지를 입지 못했어요. 근데 그 이야기를 했을 때 엄마는 기억이 안 난다고 하시더라고요.

뭐 어때요. 이제 와 그게 무슨 대수라고. 좋은 것만 기억해도 부족한데 안 좋은 것까지 가슴에 남겨둘 필요는 없잖아요. 지금 생각하면 젊은 엄마는 주변 체면도 많이 생각했던 거 같아요. 아버지가 학교 선생님이셨거든요.

그런 엄마가 물려주신 게 두 가지 있는데요. 아, 하나 더 있네요. 하나는 물질에 욕심내지 마라. 또 하나는 세상 자랑은 자랑이 아니다. 그리고 늦게 생각난 하나는 어머니가 끼고 계시던 석 돈짜리 금반지예요. 누나들이 돈 모아 해준 건데, 어머니 떠나고 한동안 만지작거렸으니 이제 누나들에게 돌려줘야겠어요.

여든넷에 갑자기 뇌출혈로 쓰러지고 사흘 만에 떠나셨어요. 여름이었죠. 하고 싶은 말이 많으셨을 텐데 유언도 없이 조용히 가셨어요. 울진 않았어요. 평소에 나 죽으면

천국 가니 슬퍼하지 말고 춤추며 기뻐하라고 말씀하셨거
든요. 그렇다고 춤출 수도 없고 기뻐할 수도 없는 날이잖
아요. 엄마 말씀대로 할 수 있는 게 눈물을 참는 것뿐이었
어요.

아버지는 어머니 먼저 보내고 일 년 반을 혼자 계시다
떠나셨죠. 지금은 두 분이 같은 곳에 함께 계세요. 불쑥
납골당에 혼자 다녀오기도 해요. 자식 노릇 하려는 건 아
니고요. 엄마 이야기는 쓰지 않으려고 했는데 자꾸 쓰게
되네요. 사실 엄마랑 애틋하지는 않거든요. 가양동에 대
해 말할 게 많은데, 가양동 하면 엄마부터 생각나요.

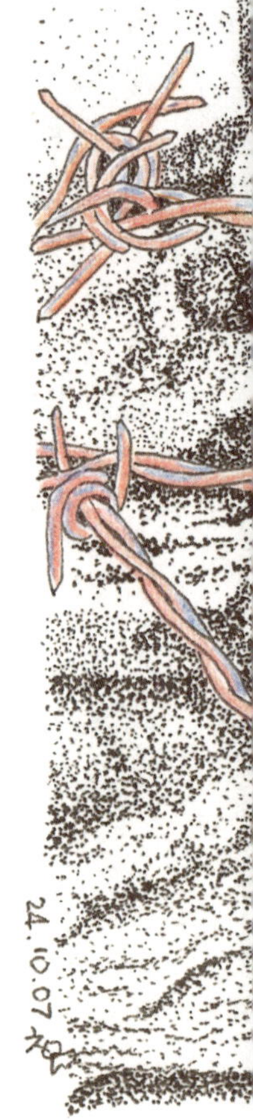

家
長

눈비에 닳고 녹슬어도
천근 무게 내 집이라고
틈 곳곳 젖은 소리 밀어 넣고
가을볕에 아이 웃음 짓네

#말이 없어도 느낌으로 아는 삶이 있다.

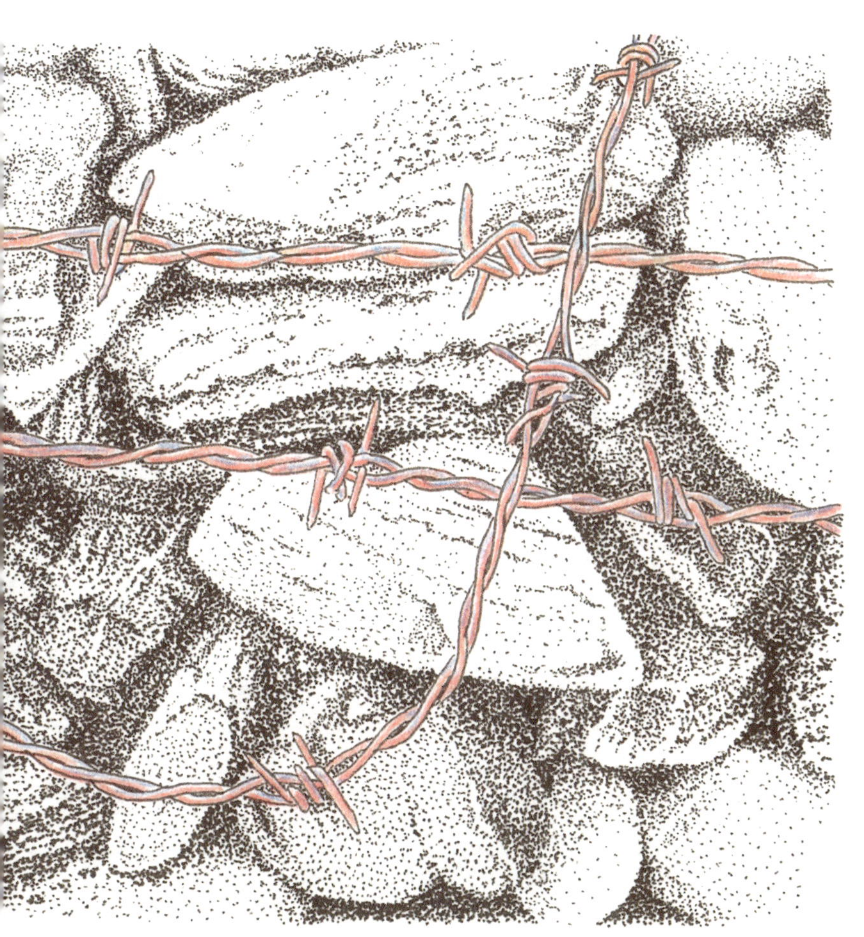

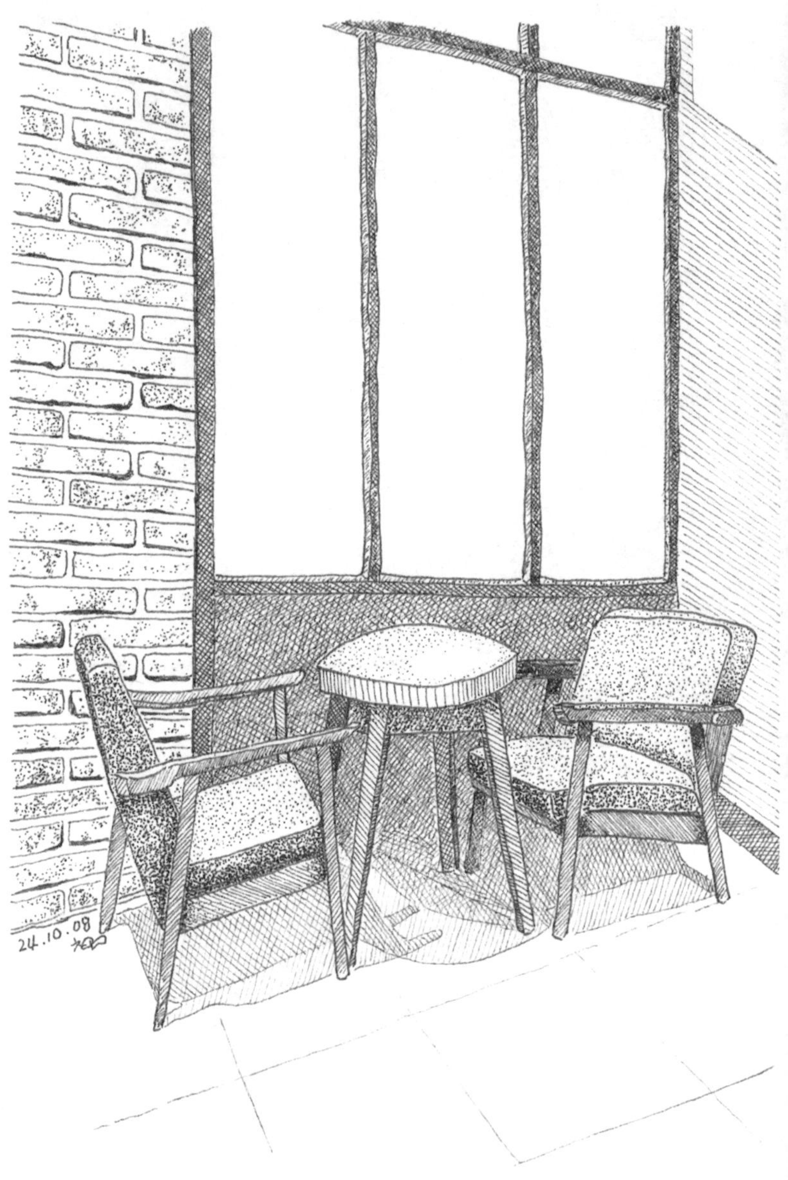
24.10.08

어떤 잔상

말을 꺼낸 사람이 갔다
말없이 듣기만 하던 사람도 갔다

엇갈린 감정이 머뭇거리는 동안
두 사람의 온기가 투명해지고 있었다

#체온이 남은 자리에는 아직 떠나지 않은 감정이 있다.

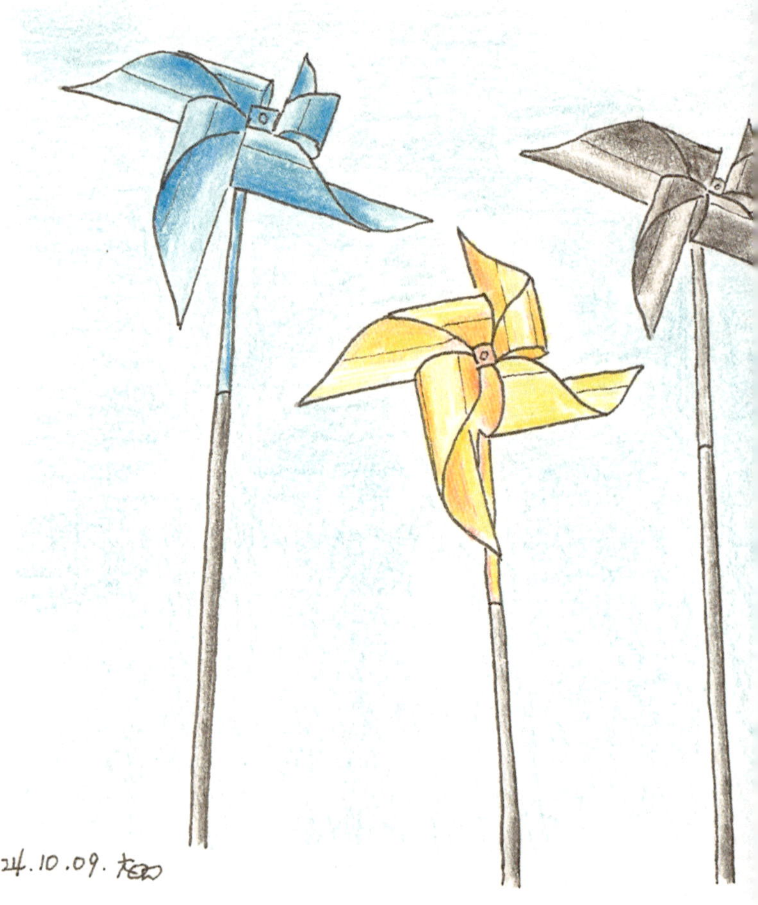

24.10.09. KED

몰랐습니까

지금 올려다본 하늘도
태어날 때부터
그대의 세상이었습니다

#이제 고개 숙이지 말아요.

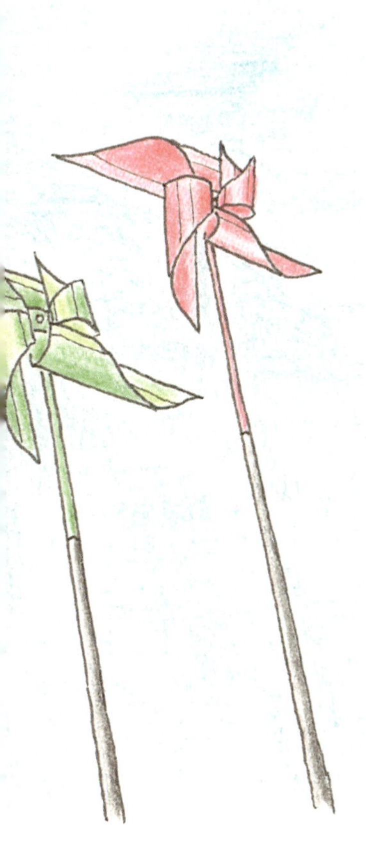

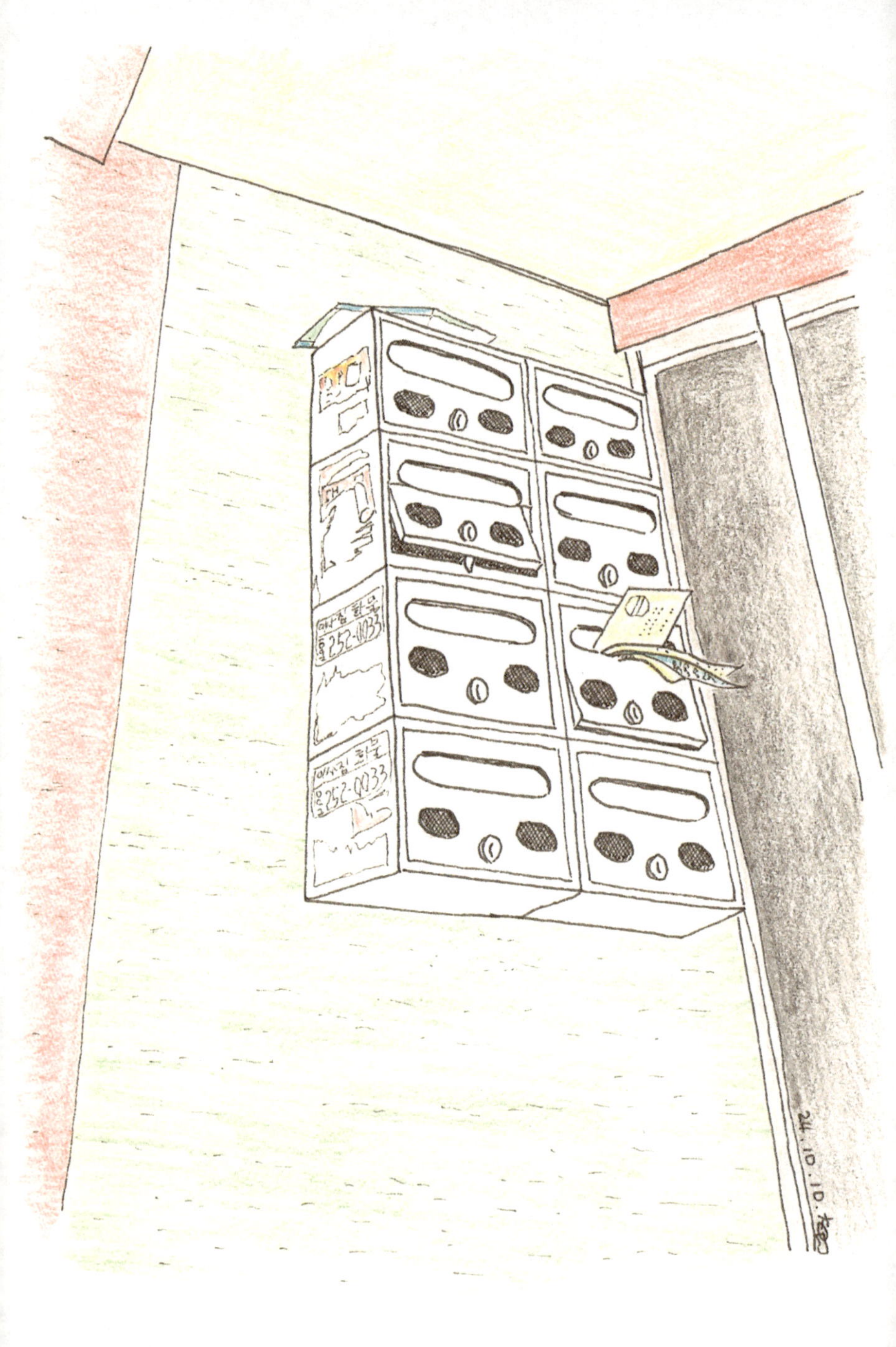
252-0033
252-0033

동네 이야기
-이름

아침마다 우체부가 새 볕을 꽂아 두고
화단 난간에는 고양이가 낮잠을 자고
아는 사람 한 명 살지 않아도
지나가며 바라보면 괜히 정겨운
길 건너 4층 집 이름은 옥수빌라입니다

#모르고 스쳤던 이름이 너무 많았습니다.

저기요, 뭐라고 부르면 되죠?

사업이라고는 한 번도 해 본 적이 없는 내가 탁구장에선 사장이 된다. 물론 나만 사장이 아니고 거기 오는 회원이 전부 사장님이다. 김 사장, 박 사장, 임 사장, 성에다가 사장만 붙이면 되는 이 간편한 시스템은 무척 매력적이다.

사장 호칭이 때로는 선생님이 되기도 한다. 공공기관이나 업무적 관계는 대부분 선생님이다. 사장님도 되었다가 선생님도 되었다가, 하루에도 수시로 바뀌는 신분에 대해 따지고 드는 사람은 거의 없다.

이모, 언니, 삼촌, 여사님 이런 호칭도 대명사로 불린 지 오래다. 처음 보는 친척이 많다고 농담으로 이야기하지만 딱히 부를 호칭이 없다는 것이 문제다.

154

　가끔은 김 선배, 누구 씨 이런 식으로, 나이가 많은 상대를 선배로 부르거나 또래쯤의 관계에서는 이름을 부르기도 하는데, 이럴 때면 혈족에서 벗어난 느낌이 들어 덜 부담스럽다.

　업무적으로 만나는 관계는 직분을 붙이면 되지만, 취미나 일상에서 만난 사이에서는 딱히 뭐라 부를지 애매한 경우가 흔하다. 물론 상대방의 직업을 붙이면 쉬운데 그도 마땅치 않거나 직업이 없을 때 사장님, 선생님은 만능이 된다.

　사장이라는 선생이라는 사회적 상위 개념이 시대를 거치면서 흔한 대명사가 된 요즘, 처음 만나는 사람을 뭐라 불러야 하나 고민이다. 이름에 님을 붙여 누구 님이라고 부르는 것이 예의와 거리에 적절한 것 같은데 이 또한 다양한 계층이 섞여 있을 때는 마땅찮으니 역시 '저기요'가 만능인가 싶기도 하다.

바람이 차다

바람의 개수를 세다가
바닥의 숨소리를 들었습니다
계절을 딛는 방식이
병실의 마른기침을 닮았습니다

#이번 겨울은 또 어찌 넘길지, 문틈 바람이 벌써 두렵습니다.

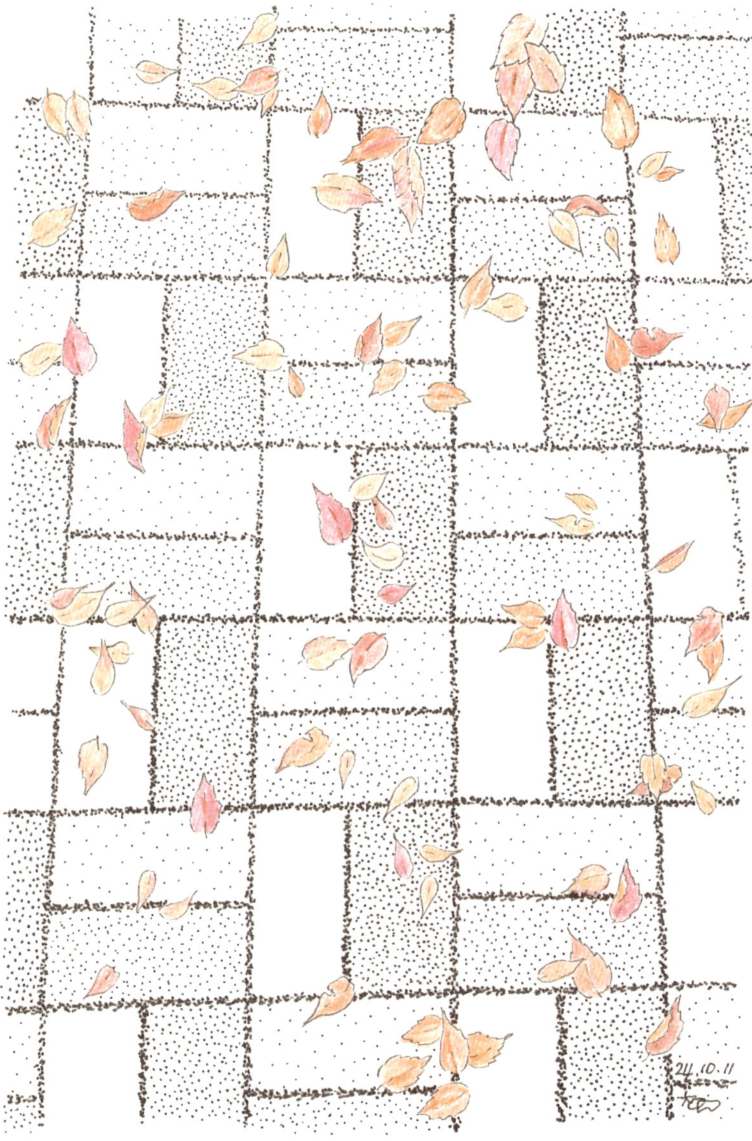
24.10.11

아늑하다

대부분 수몰되어 사라지고 조금 남은 마을에 간다. 굽이 물 흐르고 바위 솟은 경치가 좋은 옥천 추소리楸沼里. 연고 없는 마을이지만 바람을 쐬고 싶을 때 이따금 가는 곳이다.

예전에는 영동 송호리松湖里에 다녔다. 솔밭과 강이 있어 송호라고 부르는데, 나는 솔밭이 호수처럼 넓어 송호라고 말하는 곳이다. 철쭉 개나리 피는 봄에 강선대降仙臺에 앉아 솔향 사이로 강물을 보고 있으면 세상 근심 흘러가는 느낌이다.

병풍바위 근사한 추소리나 솔향 짙은 송호리나 조용하고 경치 좋은 건 매한가지인데, 찾는 사람이 많아지고 인

공적인 구조물이 늘어나면서 다니는 맛이 예전만 못하다. 가끔은 강도 보고 산도 보고 차 한잔 마실 수 있는 금강유원지를 찾기도 하는데, 연중 피라미 끄리 꺽지 쏘가리 낚시를 하는 사람들 구경도 하고 금강휴게소에 들러 호두과자도 사 먹으며 조금은 한가로운 시간을 보내곤 한다.

강릉에 살 때도 자전거를 타고 경포호를 자주 다닌 걸 보면, 나는 강이나 호수에서 어떤 편안함을 느꼈나 보다. 누군가는 바다를 찾고 누군가는 산을 찾고 저마다 마음 편해지는 곳이 있다. 남들이 좋다고 하는 곳도 나는 불편하고, 남들이 별로라고 하는 곳도 내게 맞는 곳이 있다.

단골손님 된 동네 카페일 수도 있고, 걷기 좋은 천변일 수도 있고, 나무 꽃 좋은 수목원일 수도 있다. 사람 많은 곳이 맞을 수도 있고, 백화점이나 대형 마트 같은 곳일 수도 있다. 취향이니까, 개성이니까, 그곳이 어디든 편하다면 그 자체로 넉넉한 일이다.

이런 사람도 있으면 좋겠다. 송호리 같은 사람, 추소리 같은 사람, 마음을 꾸미지 않는 사람, 텐트에서 듣는 빗소리 같은 사람, 그냥 편안한 사람, 나는 그러지 못하면서 나한테는 그래 주는 사람, 아늑한 사람.

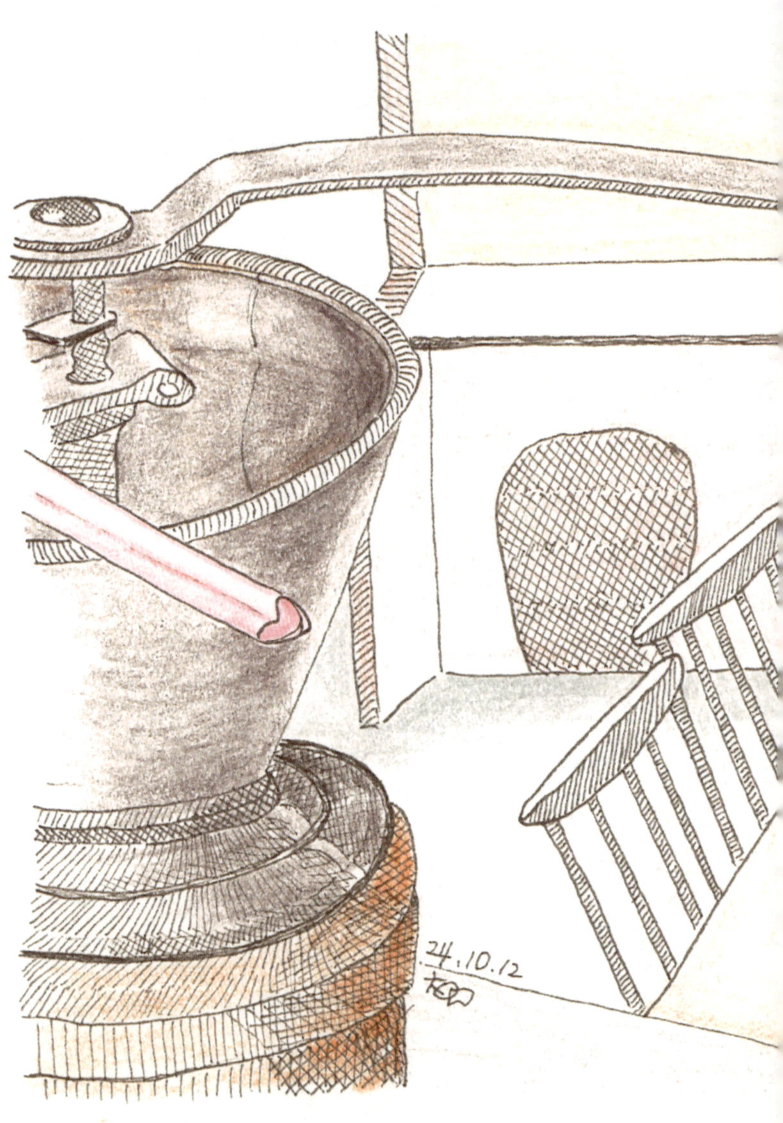
24.10.12

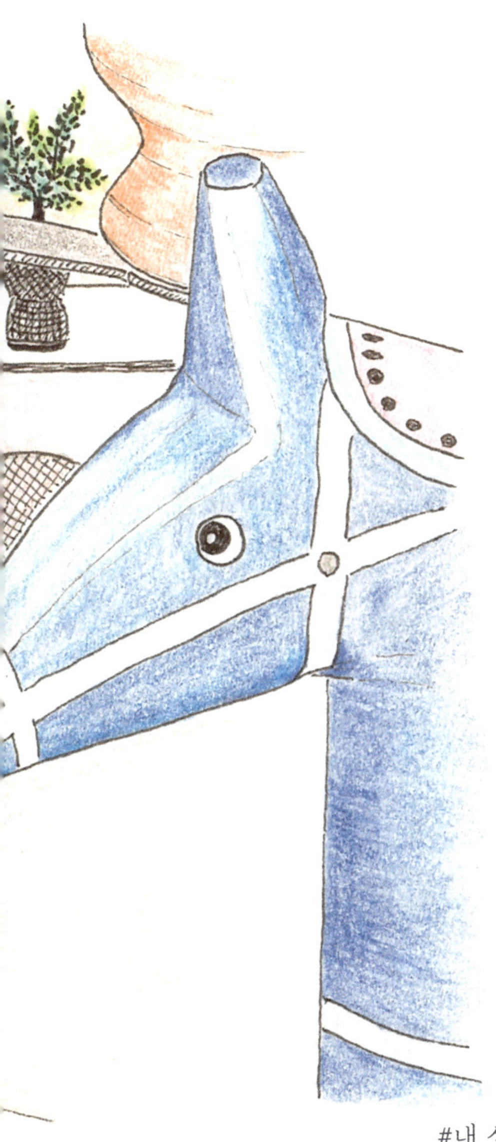

나에게
다른 심장이 있다는 걸
처음 알았습니다

\#내 심장 소리만 들릴 때가 있다.

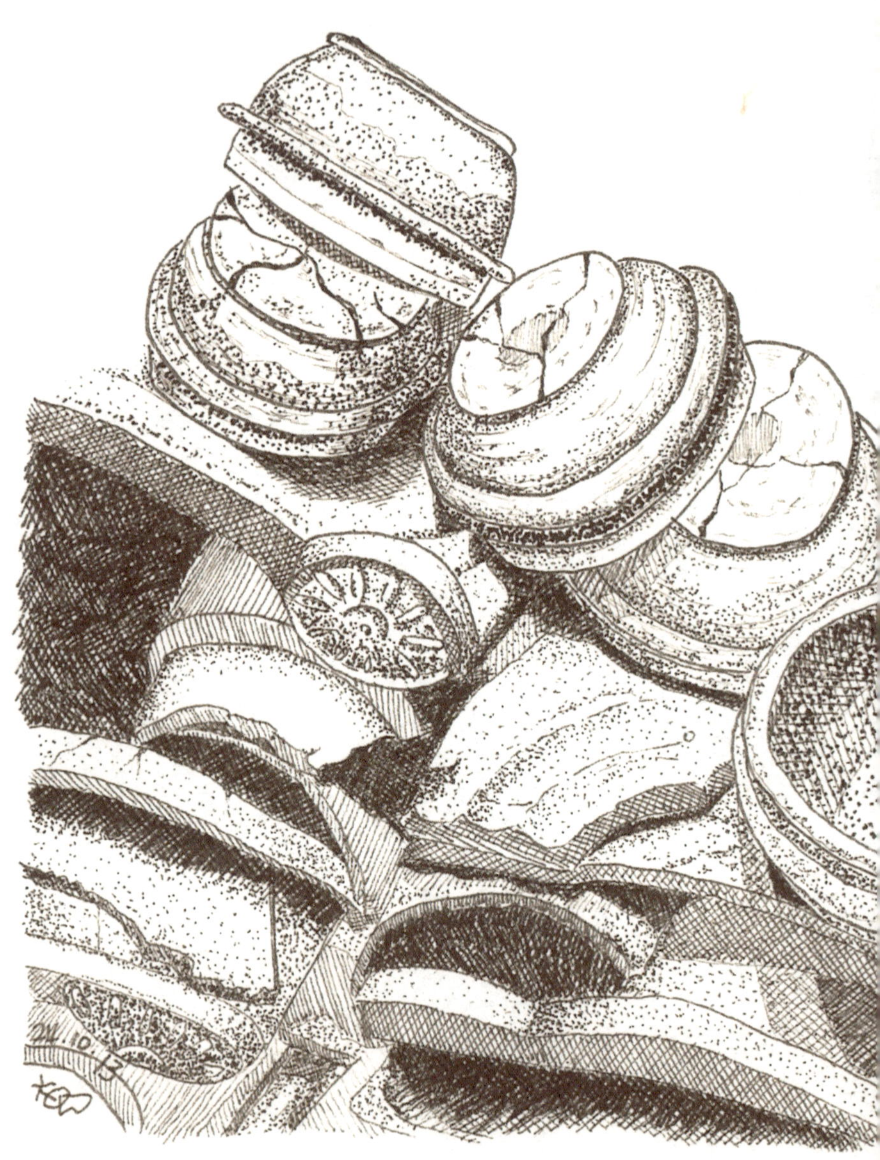

은퇴자들

자네도 깨진 몸뚱이 하나 남았구먼
일생 뜨겁게 품고 비웠으니
자식들이 몰라줘도 서운할 건 없지
그래도 속 끓을 때가 사는 맛이 괜찮았어

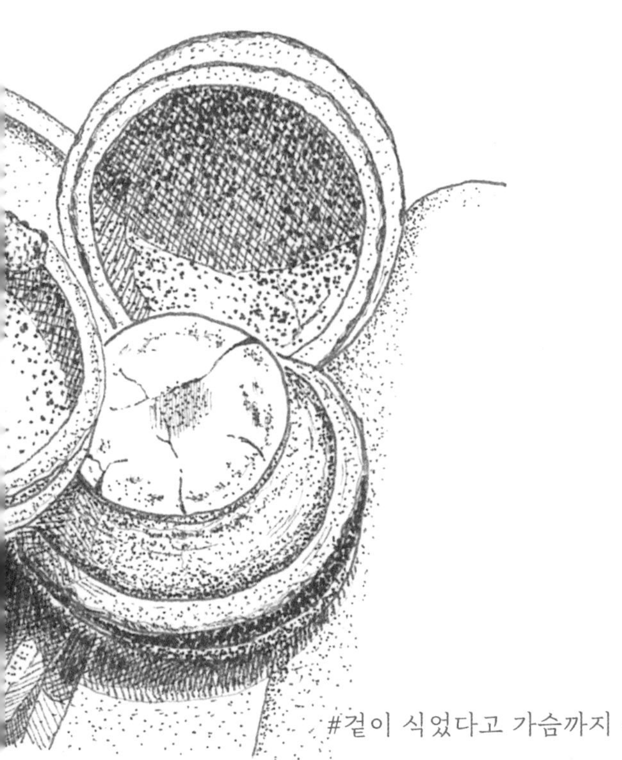

#겉이 식었다고 가슴까지 식는 건 아니다.

163

이
별
후

어디에 머무를지
어디로 가야 할지

혼자 맞는
아침입니다

#생각 많은 밤을 지새웠습니다.

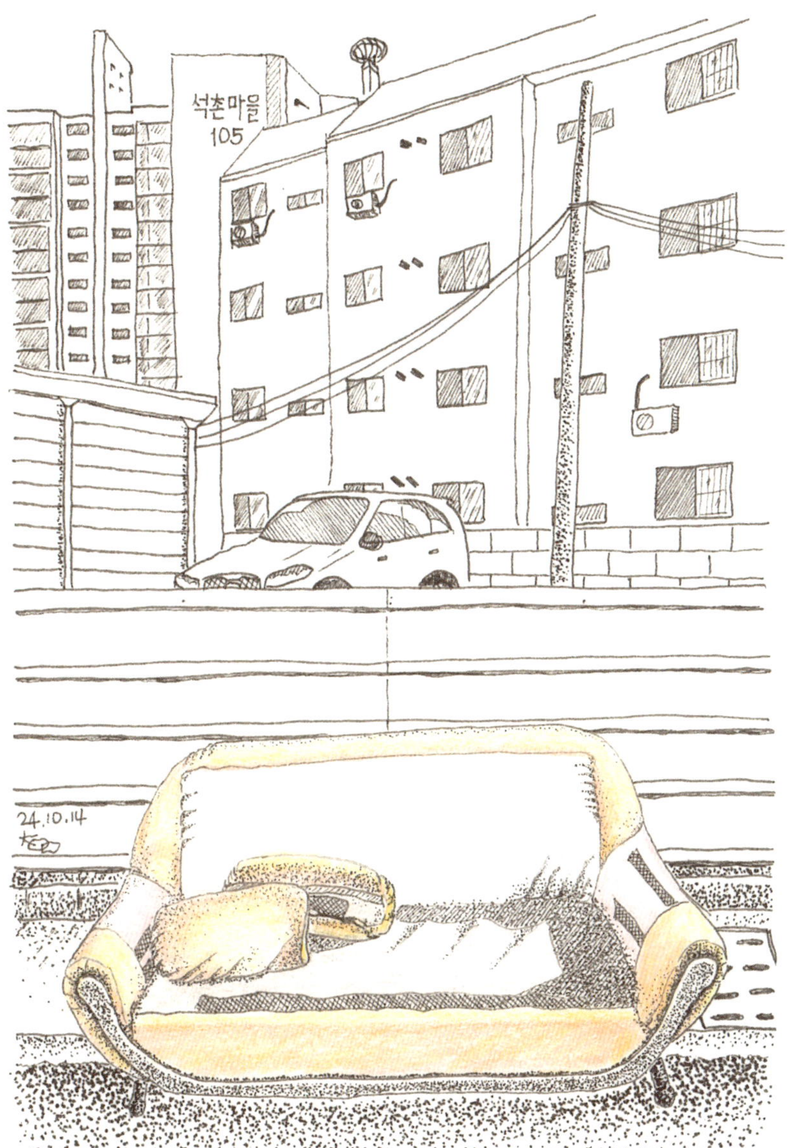

석촌마을
105
24.10.14

버림과 보냄 사이의 망설임

집에 있는 물건 중에서 버려야 할 것을 골라낸다. 재활용이 가능한 것은 종류별로 나누고 다시 사용할 수 없는 것들은 쓰레기봉투에 담아도 여전히 집 안에는 사용하지 않는 물건들이 많다. 버리기엔 아깝고 그대로 두자니 거추장스러운 것들부터 어떤 기억이 담긴 것들까지, 오늘도 손이 닿는 곳곳마다 멈칫거리게 하는 순간과 마주한다. 성적표나 합격 통지서 또는 일기나 편지처럼 지극히 개인적인 물건들도 있고, 관광지나 행사장에 다녀온 기념으로 간직한 것들도 적지 않다. 이런 작고 소소한 것들이 지닌 흔적은 의외로 또렷해서 나는 버리는 일을 멈추고 잠시 추억에 빠져들기도 한다.

표면이 아닌 내면의 가치는 주관적일 수밖에 없다. 망

설임은 대개 이럴 때 작동한다. 타인이 보면 아무런 의미가 없는 물건일지라도 당사자에겐 떼어내기 어려울 만큼 소중할 수도 있기 때문이다.

얼마 전 모 시인에게 연락이 왔다. 이야기의 핵심은, 본인이 출간한 첫 시집이 헌책방에 팔리고 있는 게 속상해서 사 들고 왔는데, 펼쳐보니 누군가에게 직접 보낸 책이었다고 했다. 속지에 받는 사람과 본인의 사인이 그대로 남겨진 책을 보고 있으니 별의별 생각이 다 들더라는 말도 남겼다.

생각난 김에 나도 책장에 꽂힌 책을 한 권씩 천천히 꺼내보았다. 속지에 적힌 사인과 이름마다 꾹꾹 눌러 담은 마음처럼 세상에는 겉에 찍힌 가격으로 평가해서는 안 될 가치가 분명 존재한다.

가만히 집을 둘러보았다. 그러고 보니 눈에 보이는 사물마다 그 자리에 있어야 했던 이유가 있었다. 직접 샀거나, 선물로 받거나, 부모님의 유품처럼 삶이 통째로 담긴 것도 있다. 그러니 버린다는 건 단순히 어떤 물건을 치우는 행위가 아니라 물건에 담긴 어떤 의미를 떼어 내는 일이기도 하다. 그때 망설임은 당연하다. 의미에는 분명 사람의 관계가 포함되기 때문이다. 평소에는 무감각하게 지내다가 낡고 해지고 닳고 변하고 불용의 존재로 머물다 버려지는 순간에서야 비로소 들여다보는 마음처럼 우리는 익숙한 일상에서 곁을 자주 잊고 살아간다.

삶은 채우고 비우는 반복이다. 살아가며 쌓인 의미를 모두 지닌 채 또 하루를 걸어가는 건 버겁다. 그러니 버리는 일도 중요하다. 어떻게 버려야 할까? 나는 의미가 적은 것들부터 골라 담는다. 이젠 그만 그 자리를 비워도 서운함이 적을, 타인의 관계보다 나로부터 형성된 의미들이 우선이다. 모 시인의 첫 시집을 내팽개친 누군가처럼 관계를 함부로 하지 않기 위해 나는 조금 더 망설일 생각이다.

잘 버린다는 건 잘 채우기 위한 준비다. 우리에겐 아직 채워지지 않은 날이 많다. 채우기에 바쁜 일상에서 잠시 멈춰 버림을 통해 이전을 돌아보는 순간도 필요하지 않을까. 이제는 물건이 아니라 기억으로만 간직해도 괜찮을 나의 지난 시간과 편안한 작별을 준비한다. 이런 과정에서 타인의 마음을 되돌아볼 수 있다는 건 미안하고도 고마운 일이다. 어쩌면 사람과 사람의 관계도 이와 별반 다르지 않을 것이다. 스치고 머물고 떠나는 동안 서로가 나

눈 숱한 마음들. 그런 마음을 생각한다면 이제는 버린다
고 하지 말고 보낸다고 바꿔 말해보는 건 어떨까. 겉모습
이 그저 그런 물건일지라도 그 안에 어떤 마음이 조금이
라도 담겨 있다면 말이다.

할
머
니
가

머
문

자
리

없는데, 분명 없는데, 누군가 있는 듯
한참 그의 등을 바라봅니다

금방이라도 손녀가 달려와
와락 안길 것만 같은 기분입니다

#이상하게 걸음을 붙드는 장면이 있다.

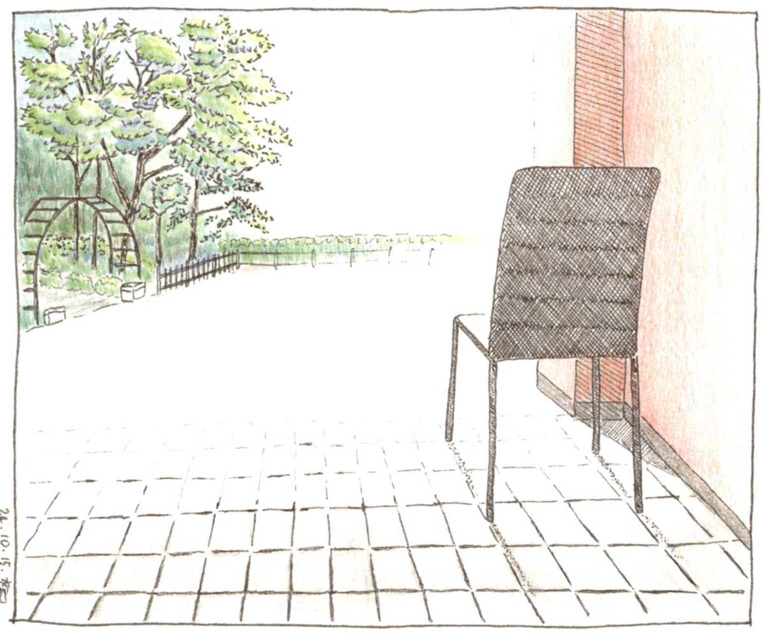
24.10.15.

여백

키 큰 나무에 집을 짓고 사는 새가 고음으로 운다. 고음은 공간을 먼저 점령한다. 공간 어딘가에 커다란 입이 있어 소리를 먹어 치운다. 공중이 땅과 달리 소란스럽지 않은 이유다.

때로는 땅에서 자라는 고음이 있다. 낯선 높이에 적응하지 못한 소리는 길길이 날뛰는데, 마치 맹수가 발톱을 휘젓듯 허공을 찢는 느낌이다. 역전시장 생선가게에서 들린 여자의 큰소리도 바닥을 모르고 살아온 고음이었다.

"할머니, 거스름돈을 이렇게 늦게 줘서 어떻게 장사하려고 그래요?"

고무장갑을 벗고 앞주머니에서 돋보기를 꺼내 쓴 후에야 천 원짜리를 세는 할머니는 연신 머리를 조아렸다.

소란이 일자 옆집 상인은 딱하다는 듯 할머니를 흘깃 바라보며 혀를 찼다. 그러면서도 거들지는 못하고 뒤에서 젊은 여자를 욕했다. 주변에 있던 누구라도 할머니의 얼굴에 드리운 무아의 표정을 읽은 사람이 있었을까. 약간 굽은 등을 축으로 할머니의 머리가 까닥거린다. 아래위로 머리가 움직일 때마다 살짝살짝 틈이 드러난다.

여백이다.

오른발과 왼발의 보폭이거나, 밤과 아침 사이의 잠처럼 바닥을 딛고 사는 동안 몸으로 지워버린 공간이다. 얼마 전 낡은 침대를 버리고 새 침대가 늦게 들어오는 바람에 하룻밤을 방바닥에 누웠을 때와 흡사한 느낌이었다. 사람들은 각기 일정한 높이를 만들며 산다. 삶이란 동선을 덧칠하는 일이어서 나이를 먹을수록 스스로 만든 길에 갇혀 빠져나오지 못한다. 탈출은 비워야 가능하다. 몸부림 끝에 힘을 소진한 후에야 평원처럼 펼쳐진 공간을 발견하게 된다. 하지만 어색하다. 함부로 범접할 수 없을 것만 같은 고요다. 무엇이든 다 흡수할 것만 같은 깊이다. 할머니의 눈이 그러했다.

"미안하우 색시. 늙으니 자꾸 느려져서…"

거스름돈을 받아 든 여자가 낙서 같은 거리로 사라졌
다. 쫓기듯 움직이는 사람들이 더께가 앉은 거리를 밟고
지나간다. 읽을 수 없는 활자들이 소란하다. 저곳에도 나
름대로 질서가 있다. 바닥을 차고 오르려는 무리를 대변
하듯 도심의 건물은 점점 높아졌다. 평등한 공간이었던
공중이 누군가의 차지가 돼버렸다. 높이는 새로운 차이가
됐다. 겹은 두꺼워지고 다시 오르막이다.

여자가 떠난 거리를 바라보다 다시 시장으로 눈길을 둔
다. 역전시장이 야생화 만발한 들판 같다. 넉넉한 수런거
림은 침대 없이 잠을 자던 날 방바닥에서 들었던 아늑한
소리다. 눈을 감아야 볼 수 있는 까만 우주다. 어쩌면 여
백은 태초의 공간이었을지도 모른다.

여백이 높이가 없는 저음의 세계라면 하얗거나 투명하
다는 생각은 상투다. 여백은 스스로 존재하는 공간이다.
도롱이벌레가 어둠을 갉아먹듯 벽이 뚫려 구멍 난 자리가
허공이다. 허공이 허공으로만 존재할 때 바람은 입을 벌

리고 비로소 소리를 낸다. 개울물에 발을 담근 노을이 자
갈과 속삭이는 소리나, 나이 먹은 딸을 부르는 늙은 어미
의 손짓을 그대로 옮겨 놓아도 잘 어울릴 것 같은, 잡음
없이 맑은소리다. 상상에 상처를 입은 사람들은 들어갈
수 없는 곳. 여백으로 들어가는 문이 있다면 역전시장이
그 입구가 아닐까.

굽 낮은 신발에 장바구니를 든 아주머니가 익숙하게 생
선가게 할머니를 부른다. 엄마처럼 딸처럼 눈으로 마음을
건네고 있다. 주문하지도 않았는데 할머니가 고등어 두
마리를 손질하기 시작한다. 토막을 내고 봉지에 담아 고
등어를 건네는 할머니가 웃고 있다. 조금 전 인형처럼 표
정에 변화가 없던 할머니가 아니다. 장갑을 벗고 앞주머
니에서 안경을 꺼내 쓴 후에야 거스름돈을 세는 할머니를
아주머니가 느긋하게 바라본다.

"어머니, 천천히 하세요."

"그리 부르지 말래두. 장갑을 벗어야 거스름돈에 생선
비린내가 묻지 않는데 재촉하는 손님들이 있어."

사람들마다 자신이 가꾸는 공간이 있다. 손님들에게 비

린내를 묻히지 않으려는 할머니의 마음이 덤이라는 것을 아는 사람은 할머니의 여백을 공유하는 사람이다. 방금 고등어를 구입한 아주머니는 젊은 여자가 갔던 동네와 반대 방향으로 걸어갔다. 아주머니의 공간이다. 살아가는 동안 걸음을 딛는 세계가 소박할수록 틀림없이 여백은 크다. 채우지 않고 비워둘 줄 아는 사람에게선 고유한 냄새가 난다. 생선가게 할머니의 손에서 나는 비린내에 코를 찡그리는 사람과, 된장국 끓여주는 엄마의 냄새인 양 웃는 사람은 여백의 크기가 다르다. 내일도 생선가게에는 각기 다른 높이의 소리가 들고날 것이다. 할머니의 주름진 손으로 나눠준 덤이 시장 밖에서 부풀어 커다란 공간이 된다는 것을 사람들은 알까.

나도 모르게 할머니 앞으로 갔다. 딱히 생선을 구입할 건 아니었다.

"요즘은 남자들도 자주 사 가곤 해요. 저녁 반찬으로 드시게?"

할머니는 오늘 물 좋은 생선이 이거, 이거, 생선 이름을 잘 모르는 내게 손가락으로 일러준다. 고등어 제일 큰 걸로 한 손을 주문했다. 배를 갈라 내장을 떼어내고 지느러

미를 자르는 칼이 무겁지도 않은지, 탁탁 도마를 두드리는 소리가 맑고 투명하다. 내가 걸어온 길은 얼마나 많은 덧칠로 두꺼워졌을까. 칼과 도마가 제 모습을 많이 비웠듯이 할머니의 손을 따라 가면 세상에서 가장 낮은 소리를 들을 것만 같았다.

고등어와 거스름돈을 건네며 할머니가 환하게 웃는다. 그 웃음은 마치 사는 동안 무언가를 채우려 하지 말고 비우라고 말하는 것만 같았다. 현재 나의 여백은 흐릿한 공간이다. 어릴 적 엄마 무릎을 베고 잠들었을 때의 편안함 같은 세계라고 상상을 한다. 다행히 나의 상상은 아직 아프지 않다. 나도 언젠가는 내 곁에 있는 여백을 발견할 날이 올 것이다. 여백은 결코 점령하는 것이 아니라는 것을 알았으니 집으로 돌아가는 보폭이 조금 넓어질 것이다.

5부

꽃 피면

그때

다시 올까요?

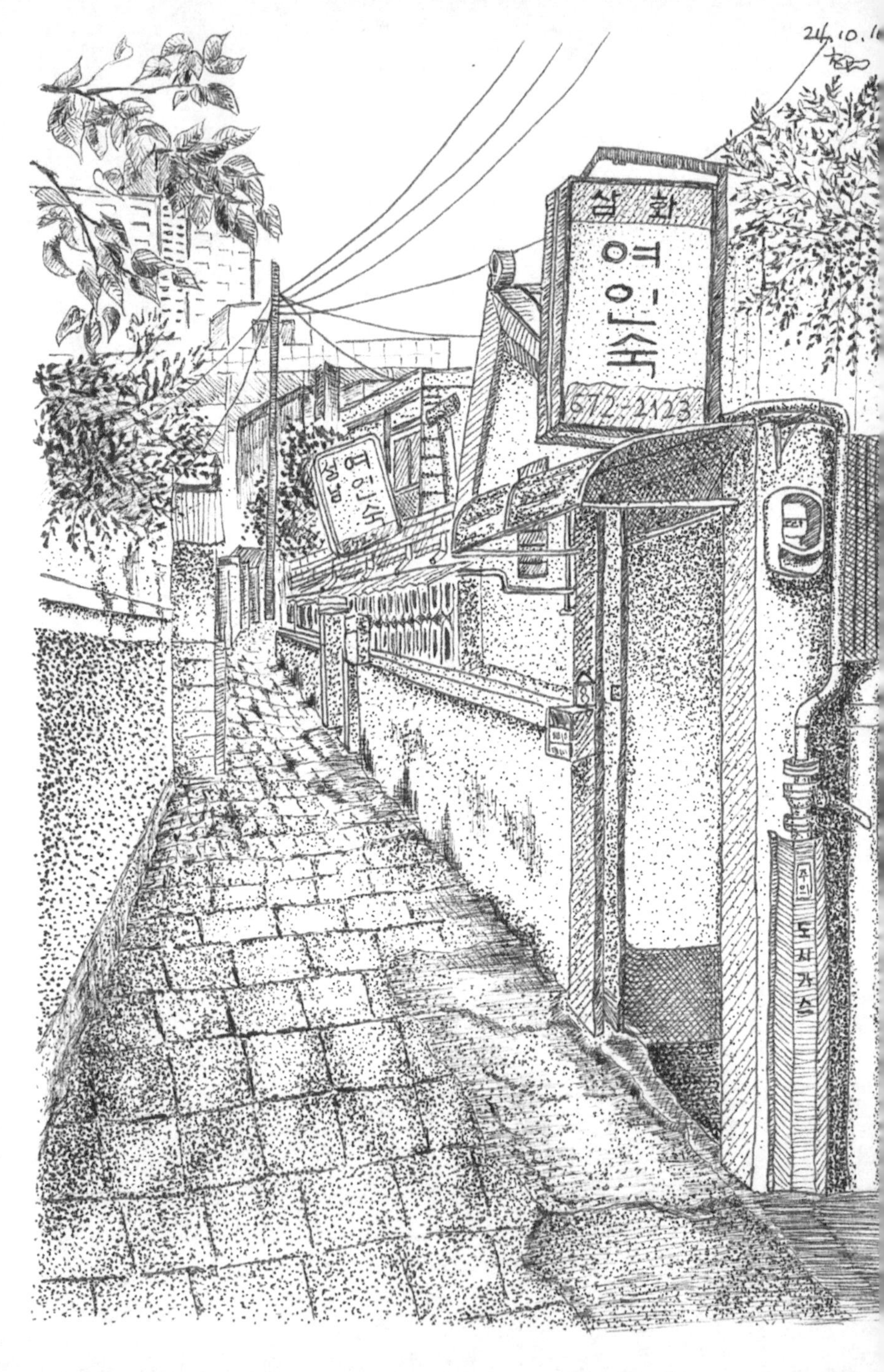
삼 화
여 인 숙
672-2123
영 인 숙
성남
주의 도시가스

눈 감고 누우면 달방도 집이지
나? 사람들이 그냥 김 씨라고 불러
여기 사람들 다 그래
어디서 왔는지는 몰라도
어디로 갈지는 말 안 해도 알아

이력을 알 수 없는

#겨우 사람 둘 나란히 지날 골목, 처음 본 남자가 소주 한 병
사달라고 했다.

부고

찢어진 바람이 휘파람을 분다. 죽음을 알리는 소리다. 무거운 소식인데 빠르게 날아온다. 이번 부고는 뜻밖이다.

「대전고등학교 김○○ 동문 심장마비로 사망 충대병원 장례식장」

휴대전화 메시지로 소식을 접하고 가까운 친구에게 전화를 걸었다. 이름이 가물가물한 탓이다.

"글쎄, 나도 잘 모르는 이름인데. 칠백 명이 넘는 동기들을 어떻게 다 기억하냐."

물어물어 알아낸 건 죽은 동기와 같은 학교에 다녔다는

것 외에 공유할 기록이 없다. 딱히 모르는 체하기도 그렇고, 그렇다고 얼굴조차 기억에 없는 동기의 장례식에 참석하는 것도 난감했다. 얼마의 틈에서 고민했다. 소식을 자주 나누는 친구들과 연락 끝에 동창들 얼굴이나 보자는 명목으로 문상에 나섰다.

사람은 만나는 것보다 헤어지는 걸 잘해야 한다. 헤어짐의 완성은 죽음이다. 그래서 나이를 먹을수록 사람들의 화두는 죽음으로 옮겨간다. 아무런 준비 없이, 어느 날 갑자기 찾아오는 죽음을 일방적으로 맞는 것은 당혹스럽다. 어린 자식들을 남기고 떠난 고등학교 동기처럼 젊은 가장의 죽음이 그랬다.

형식적인 조문이었으나 영정을 보는 순간 울컥했다. 나와 같은 나이다. 창백하고 지친 얼굴로 조문객을 맞는 그의 아내와 아들을 위로하는 게 내가 할 수 있는 전부였다.

사실 나는 오래전부터 죽음에 대해 고민하고 있었다. 막연한 미래의 사건이라 회피하기보다는, 언제인지 알 수 없지만 분명하게 발생할 사건에 대해 생각해 두는 것도 나쁘지 않다는 판단이었다.

삶이 선물이라면, 부고는 그 선물을 반납하는 절차인 셈이다. 지난여름, 미국 일간지 시애틀타임즈에 실린 작가 제인 로터의 부고를 쓴 사람은 바로 제인 로터 자신이었다. 그녀가 스스로 쓴 부고는 "이 아름다운 날, 여기 있어서 행복했다. 사랑을 담아, 제인"으로 끝난다. 이 여인처럼 자신의 죽음을 미리 준비하는 사람이 얼마나 될까.

나이가 적을수록 죽음에 둔감한 건 당연하다. 하지만 예기치 않은 충격은 늘 존재한다. 십 대의 한때를 함께 보냈던 친구들은 어느새 중년이다. 이번에 죽은 동기 말고도 세상을 떠난 친구들이 몇 명 더 있다는 소식도 들었다. 늦은 부고다.

작년 겨울에 돌아가신 시장 할머니의 부고도 늦게 도착했다. 동네 사람치고 송 할머니를 모르는 사람은 없었다. 할머니는 하루도 거르지 않고 시장에서 나오는 종이상자를 모아 팔았고, 언제부터인지 시장의 종이는 모두 할머니 차지였다. 자식이 있는지, 할아버지가 살아 계시는지 누구 하나 아는 사람이 없었다.

"국수 한 그릇에도 헛돈 든다고 떠신 양반이 웬일인지 흰 쌀밥 한번 먹어야겠다고 햅쌀 반 되를 사가더래요. 그

날이 입동 다음날이었다는데, 바가지에 씻은 살이 그대로
있었다네요.”

퇴근길에 세탁소를 들렀을 때 들은 부고였다. 평소에
국수 먹는 돈도 아까워하던 분이 햅쌀 반 되를 구입한 것
은 스스로 알린 부고였을까.

신문은 날마다 부고를 알린다. 누군가의 마지막 소식을
전하는 것이다. 죽음은 떠나는 것일까, 지나가는 것일까?
생사가 갈리는 순간, 부고가 시작된다.

고등학교 동기들도 나도 결국 죽음을 맞아야 한다. 죽
음은 다음 계절을 예약하지 않는다. 살아온 날을 돌아보
는 밤, 안녕이란 말에 담긴 중의적 표현이 새삼스럽다. 친
구들의 걱정은 유가족에게 아무런 도움이 되지 못한다는
걸 안다. 누군가는 소식을 전하고 누군가는 그 소식에 응
답하는 것이다. 일생을 사는 동안 주변 사람들에게 알리
는 소식이 한 사람의 역사라면, 결국 삶은 서사다.

술잔을 비우는 내내 친구들은 고인을 되뇌었다. 젊은
가장의 죽음과 시장 송 할머니의 죽음은 아무런 차이가
없다. 그들은 부고를 마지막으로 돌아갔다. 죽음은 마땅

히 가야 할 곳으로 돌아가는 일이다. 밤이 깊어져 갈수록 술잔은 느리게 비워지고 빈자리가 늘어났다. 탁자에 술잔을 채워놓고 떠난 친구들은 마지막 잔을 고인의 몫으로 남겨둔 것일까. 나는 왜 부고를 접할 때마다 서툴게 아파야 했나.

휴대전화에 저장된 부고를 다시 천천히 읽어 본다. 유명 인사가 아니기에 오비추어리(Obituary)처럼 누군가 대신 부고를 써놓지도 않을 터, 예약할 수 없는 소식을 내가 미리 써두는 것은 어떨까. 최근 들어 통념을 깨고 자신의 부고를 미리 쓰는 사람들이 하나둘 생기고 있다. 옛사람들은 살아 있을 때 자신의 묘지명을 미리 써두곤 했다는데, 죽음을 미리 헤아리는 것 또한 남은 삶에 대한 배려가 아닐까.

친구들이 명함을 건네며 다음에 한번 보자는 말을 한다. 대부분 형식이란 걸 안다. 하지만 살아서든 죽어서든 부고를 받고 재회할 것이다. 인연은 매 순간 찾아오지만 모두 같은 거리에 있지는 않다. 나는 되도록 말을 아낀 채 죽은 동기보다 내게 닥쳐올 죽음을 오래 생각한다. 심중의 언어는 타인이 읽지 못한다. 잔이 채워지면 병은 비워지게 마련이다. 고인을 위해 잔을 채운다.

함께 간 친구들을 따라 일어섰다. 잠시 빈소에 멈춰 흰 국화꽃에 둘러싸인 망자를 보았다. 영정 속 그가 웃고 있다.

친구야, 나는 너를 잘 모른다. 네가 어떤 삶을 살았는지 잘 모르지만, 이제 그만 쉬어라. 이 땅에서 고생했다.

고인의 생애에 인색한 부고 대신 살아온 삶을 되짚어 알리는 부고였으면 좋지 않았을까. 보름 달빛을 끌고 바람이 지나갔다. 바람은 내가 보지 못하는 길로 다닌다. 보이지 않아도 길이 있다. 그 길의 끝에 대문처럼 우뚝 서 있는 부고 통지서. 죽음은 언제나 궁금하다.

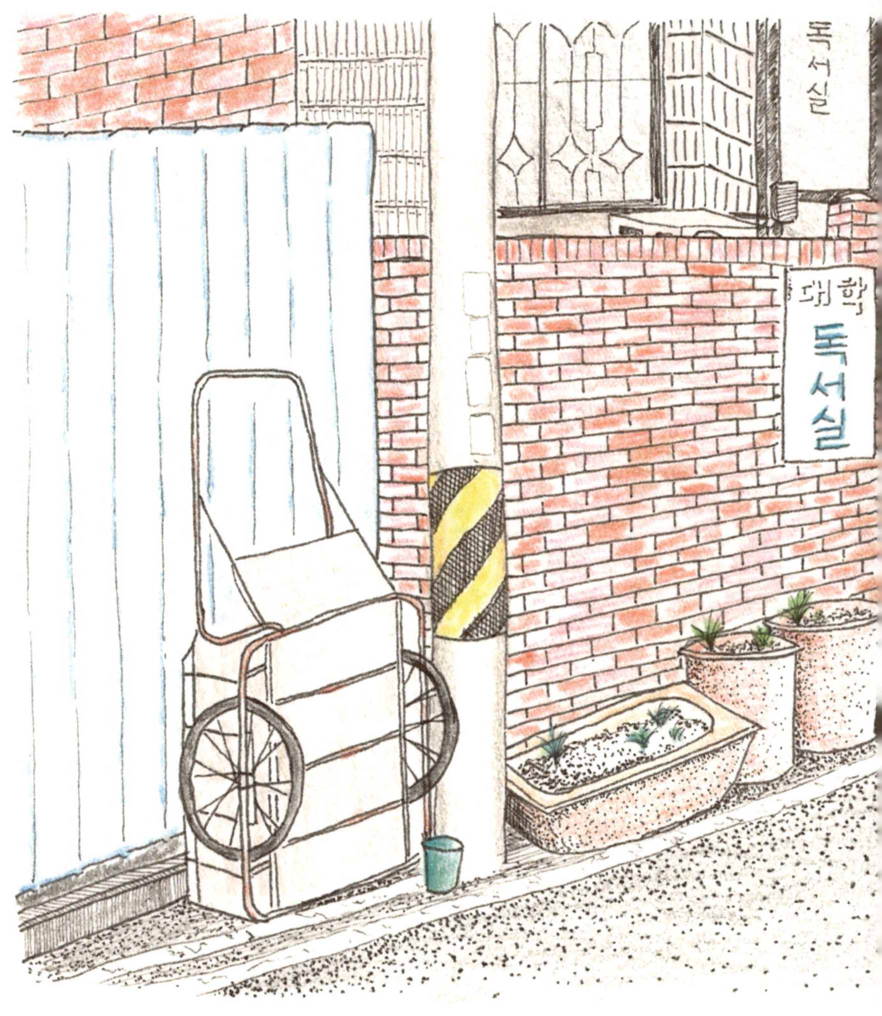
독서실
대학
독서실

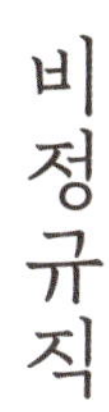

비정규직

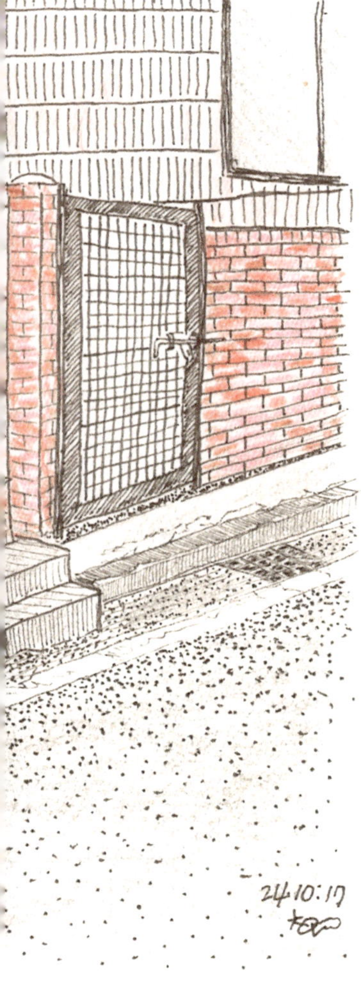

몸을 쓰면 마음이 편하고
머리를 쓰면 사는 게 편했지

옛날엔 그랬어

사람 차별하는 게 젤 나쁜 겨

#내일부터는 꼭 행복했으면.

시스템 오류

각자 할 일이 있을 뿐이다

질문은 질문으로
노동은 노동으로
정치는 정치로

어디서부터 신호가 멈춘 것일까?

#고칠 수 없다면 새것으로 바꿔야 한다.

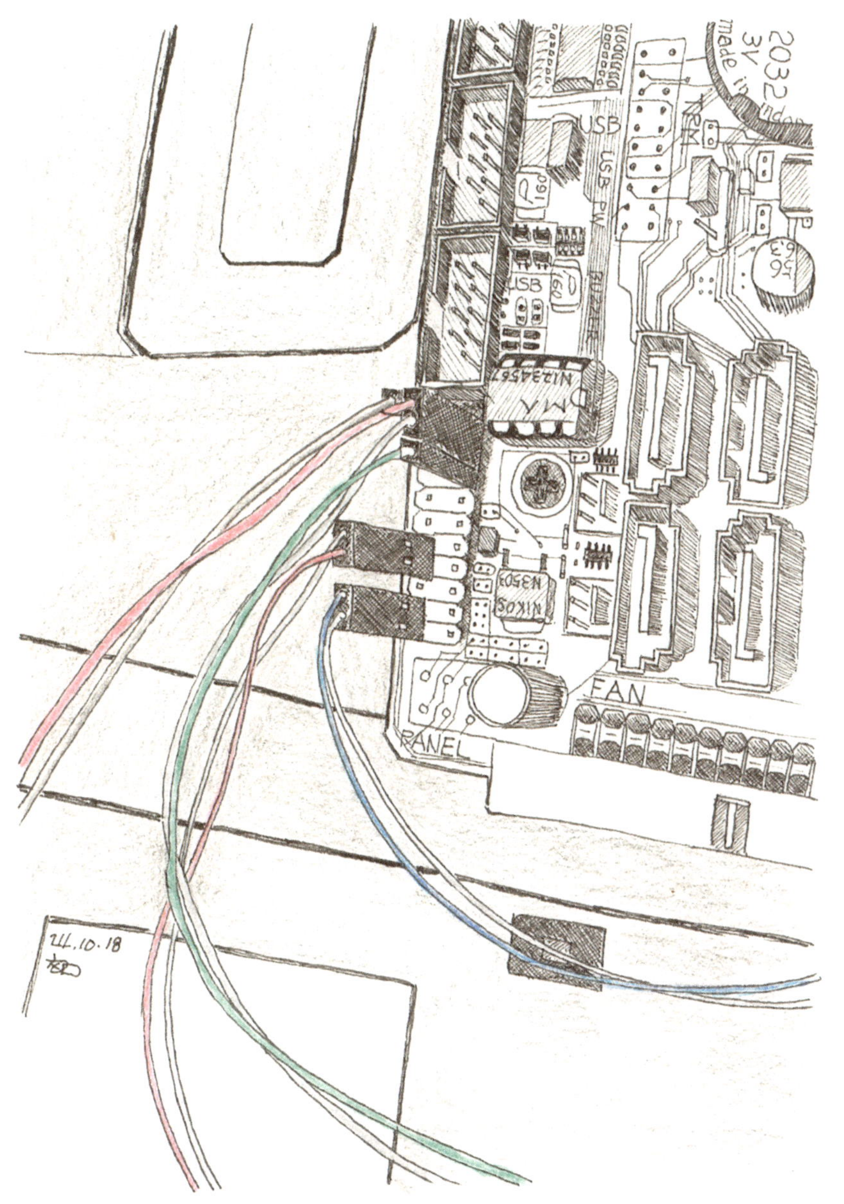

2032
3V
made in
USB
USB PW
BUZZER
USB
BS1
DMA
N123456
NIKOS
N350
PANEL
FAN
24.10.18

I am

개성個性

［명사］ 다른 사람이나 개체와 구별되는 고유의 특성.

진득하지 못한 탓인지, 깊게 파고드는 성향이 아닌 건
지, 호기심이 많아서 그런지 뭐 하나 제대로 할 줄 아는
게 없이 잡다하게 조금씩 기웃거렸다.

초등학교 때는 딱지치기 이겨보려고 궁리하다 양면 딱
지를 만들었고, 집에 있는 번역본 세계 명시집을 베껴 썼
고, 아홉 살에 처음 탁구를 쳐봤고, 중학교 때 하모니카
교본에 있는 코드를 보며 기타를 독학했고, 10여 년 기타
를 만지며 밴드 활동도 해봤지만 여전히 아마추어였고,

패러독스와 쇼펜하우어를 자주 읽었고, 고등학교 때는 지역 신문 독자 코너에 시를 보내서 고료를 받기도 했고, 미대 가고 싶다는 반 친구에게 말로만 그림을 알려주어 미대를 가게 했고, 고2 겨울방학 때 학교 보충수업 안 받고 독서실 다니며 혼자 고3 과정 끝냈고, 그거로 일 년 버텨 대학 갔고, 작곡과를 가고 싶었는데 피아노를 못 쳐서 공대에 갔고, 어떤 이름이 젤 근사하냐고 친구들한테 물어서 학과를 정했고, 대학 때는 연필 초상화에 빠져 무작정 화실에 찾아가 배울 처지는 안 되니 설명만 해달라고 일주일을 졸라 그걸로 혼자 초상화를 익혔고, 머리가 복잡할 때마다 수학 문제를 풀었고, 수학은 재밌는데 일은 재미없어서 날 더운 날 사표를 냈고, 몇 군데 직장을 더 다녔고, 어쭙잖게 연예부 기자도 해봤고, 늦잠 자고 오후에 출근하는 게 마음에 들어 학원 강사도 했고, 개도 팔아봤고, 백수가 꿈이었는데 아직 꿈은 이루지 못했고.

자전거 타는 꿈을 꾸고 다음 날 꿈꾼 대로 따라 해서 자전거를 타게 되었고, 가끔 예지몽도 꾸었고, 갑자기 숫자가 생각나서 로또를 샀는데 4등에 당첨된 적도 있었고, 당구는 허접하고, 탁구는 동네서 놀기 적당하고, 할 줄 아는 운동은 걷기고, 요리사가 되었으면 어땠을까 이런 생각도 가끔 하고, 자퇴를 마음에 담고 살았지만 어찌어찌

대학까지 나왔고, 집 안방에 추 달린 벽시계를 뜯었다가 추가 안 움직여서 혼나기도 했고, 전화기 뜯었다가 텅 빈 속을 보고 실망해서 다시 조립했는데 덜그럭거려 또 혼났고, 다른 사람 글씨를 보면서 그대로 흉내 내기도 했고, 보트 타고 낚시하다가 물 들어와서 다시는 배 안 타기로 했고, 몸 쓰는 것보다 머리 쓰는 게 좋은데 바둑은 독학하다 포기했고, 연애는 젬병이고 첫사랑은 헤어졌고, 성질은 지랄 같고, 한때는 민원 전문가였고, 형사소송법이 재밌어서 소설처럼 읽었고, 포장지 그리는 미술 숙제에 악기점 그렸다고 점수 B 맞고.

사진 찍히는 거 싫어하고, 사람 많은 데 싫어하고, 사회성 부족하고, 다시 말하지만 성격은 지랄 같고, 흰 우유 못 마시고, 소고기는 맛이 없고, 치킨은 비싸서 못 사 먹고, 옷에 관심 없고, 치우는 거 잘 못하고, 짝눈으로 세상 보고, 게으르고, 그래도 원고 마감 한 번 어긴 적이 없고, 모임 하나 없고, 감정 소모 싫어 사람 잘 안 만나고, 히키코모리는 아니고, 좋아하는 거 물어보면 난감하고, 다른 사람 사생활엔 관심 없고, 집은 있는데 돈은 없고, 차는 있는데 갈 데가 없고, 불면증은 심하고, 이따금 우울하고, 외로움은 없고, 가진 게 별로 없지만 불편하진 않고, 몇 살까지 살려나 불쑥 궁금하고, 칼국수를 좋아하고.

따지고 보면 사람 사는 거 특별한 거 없다. 머리 둘 곳 있고 마음 누르고 살 수 있으면 괜찮은 삶이다. 동쪽에서 바람이 불고 옆집 화단에 나비가 들고 찌개 타는 냄새에 밥때를 놓치고도 넉넉한 휴일처럼, 잘 먹고 잘살게 해달라고 아무 데나 빌어도 좋고, 내가 아는 사람들 평안하기를 바라는 것도 좋고, 첼로가 좋은 날엔 첼로를 듣고, 누군가 어찌 지내는지 궁금하면 안부를 묻고, 배고플 때 먹고 졸릴 때 자고, 의미가 아니어도 이유가 없어도 상관없이, 휴일 전날 같은 기분으로 오늘은 나를 풀어놓는 것도 괜찮은 일이다. 진득하지 않아도 전문가가 아니어도 호기심에 여기저기 기웃거려도 남들보다 잘하는 거 하나 없어도, 어떤 껍데기든 어떤 알맹이든 나는 하나뿐인 나이니까. 이렇게 살아도 저렇게 살지 않아도 나는 나이니까.

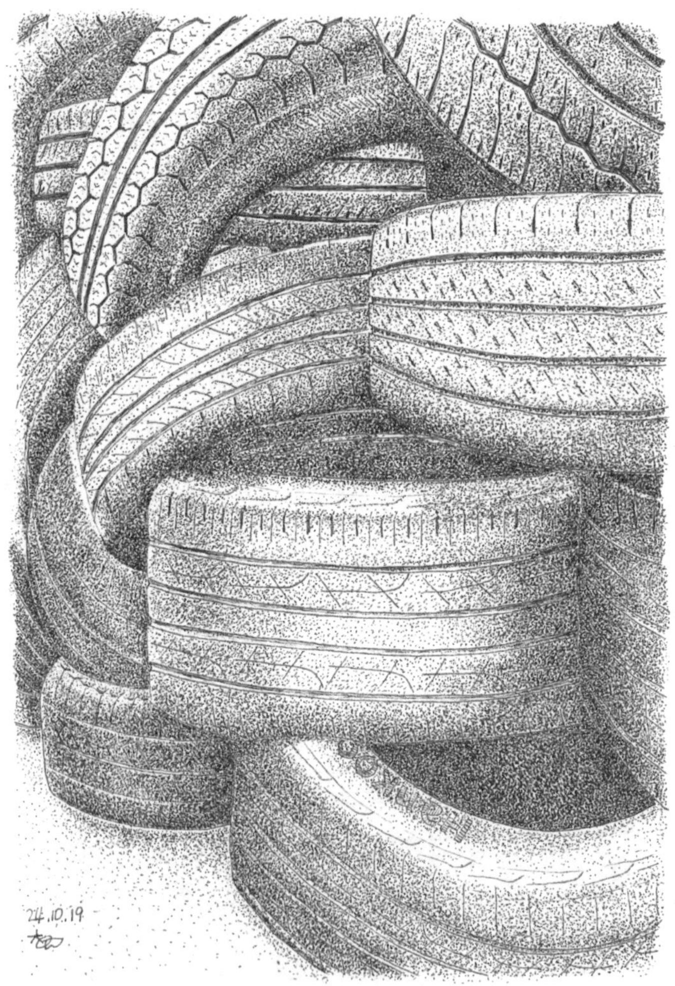

24.10.19

끼
리
끼
리

비스듬히 기댈 어깨가 있다는 거
굴러갈 일 없어도 굴러온 이야기 끝없는 거

나중에 온 이들이 볕을 가려도
먼저 늙은 당신들이 더 많이 챙기는 곳

바닥 그늘도 가벼운 곳

#쉼.

무궁화 꽃이 피었습니다

동화가 시작되는 곳입니다

이름을 몰라도 친구가 되는 곳입니다

낮에는 뛰어놀고
밤에는 꿈을 꾸는

모두가 주인공인 나라입니다

#마음으로 그린 동화는 지워지지 않았으면.

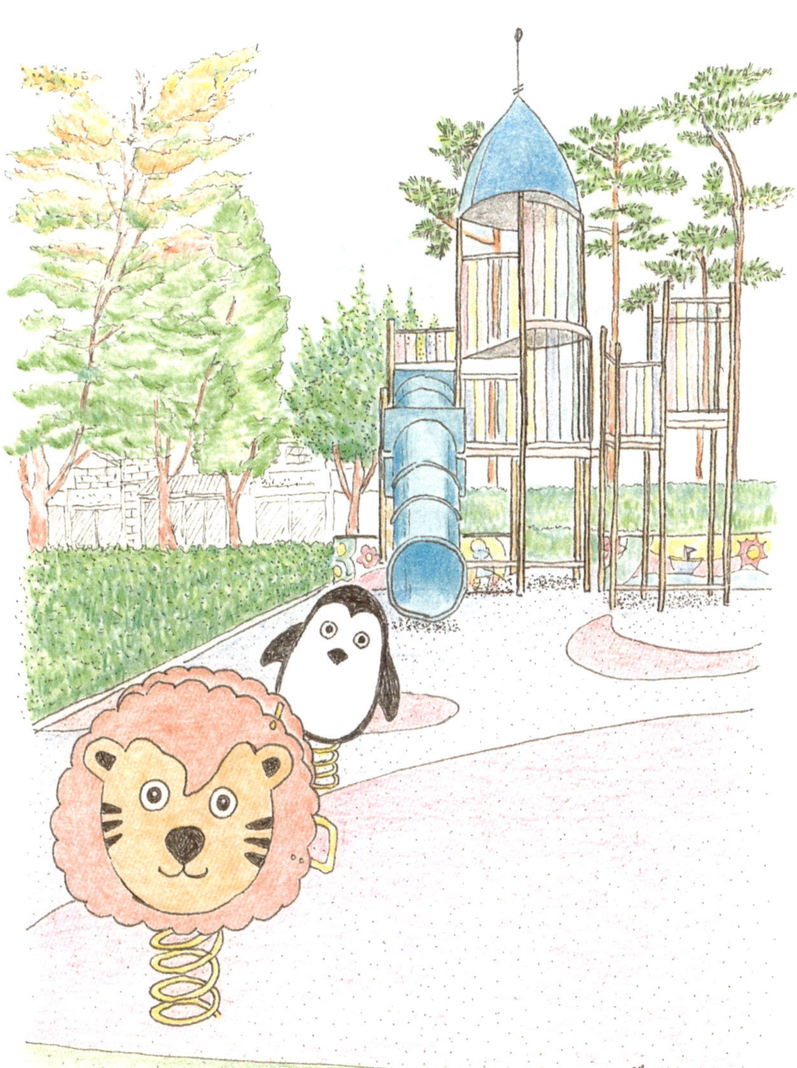

24. 10. 20. 作

비추어 보는

누워서 생각할 때와 앉아서 생각할 때는 왜 기울기가 다를까? 아이들이 손가락으로 가리키는 곳에서 바람이 불어온다는 걸 어른들은 알까? 땅에 살면서 땅보다 높아지려는 건 꿈일까 욕심일까? 노란 반바지를 입은 아이는 오늘도 놀이터에서 혼자 그네를 타고, 나는 그네 옆에 둔 책가방에 한참 눈길을 두고.

한번은 그네를 타지 않고 놀이터 바닥에 앉아 동화책을 읽고 있던 아이 모습을 보았다. 무슨 책이냐고 물었더니 대답 대신 책 표지를 보여주던 아이. 물끄러미 나를 보더니 다시 책장을 넘기던 아이. 동화를 읽으며 책가방 위에 놓은 과자를 집어 먹던 아이. 어릴 적 내 모습과 닮아있던 아이.

집에 있던 책이란 책은 다 읽고, 친구네 거실 책장에 있는 책도 다 읽고, 읽을 게 없어 가정 대백과사전을 읽고, 무슨 말인지도 모르는 큰누나 해부학 책도 꺼내보고, 읽었던 책을 또 읽고, 그래도 오후부터 밤까지가 길었던 어린 시절 나는 무슨 생각을 하며 하루씩 자랐는지.

외우는 것보다 느끼는 게 더 편해서 자면서도 생각이 많았는데, 돌이켜보면 그쯤에 상상했던 세상이 지금 하나도 만들어진 게 없는 것 같고, 상상은 동화보다 더 멀기만 한 것 같고, 자주 어긋나는 현실 때문에 상상이 거추장스럽기도 했고.

예전에 얼마간 동화를 쓰고 발표하다가 멈췄다. 나는 동화적이지 않은 사람이라는 생각이 들어서였다. 나무와 바위와 새가 서로 대화를 나누는 판타지가 내게서 멀어진 건 언제부터였을까? 아직 저 놀이터에는 그네가 노래를 부르고, 아이와 새가 이야기를 나누고, 한여름에도 눈이 내릴 것만 같은데.

오늘 밤엔 어린 그때로 돌아가는 것도 괜찮겠다. 5분마다 한 번씩 동화책 인물이 되어도 보고, 완성하지 못한 그림도 채색하고, 젖은 종이배를 건져 돌 위에 말리고, 그

옆에 누워 구름 한 조각 떼어 먹고, 그러다 어른인 나와
조우하면 어른으로 사는 건 어떠냐고 물어도 보고.

한솔 은지

고맙다는 말을
우리의 계절이라고 바꿔 적는 오늘
이름과 이름을 맞잡고 가겠습니다
함께 걷는 여기서부터
서로의 표정이 되겠습니다

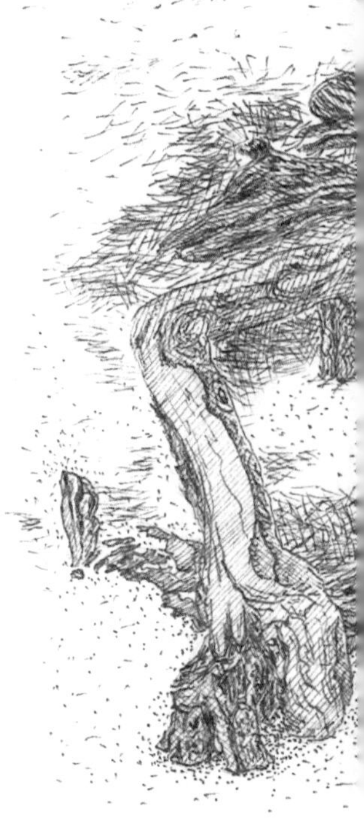

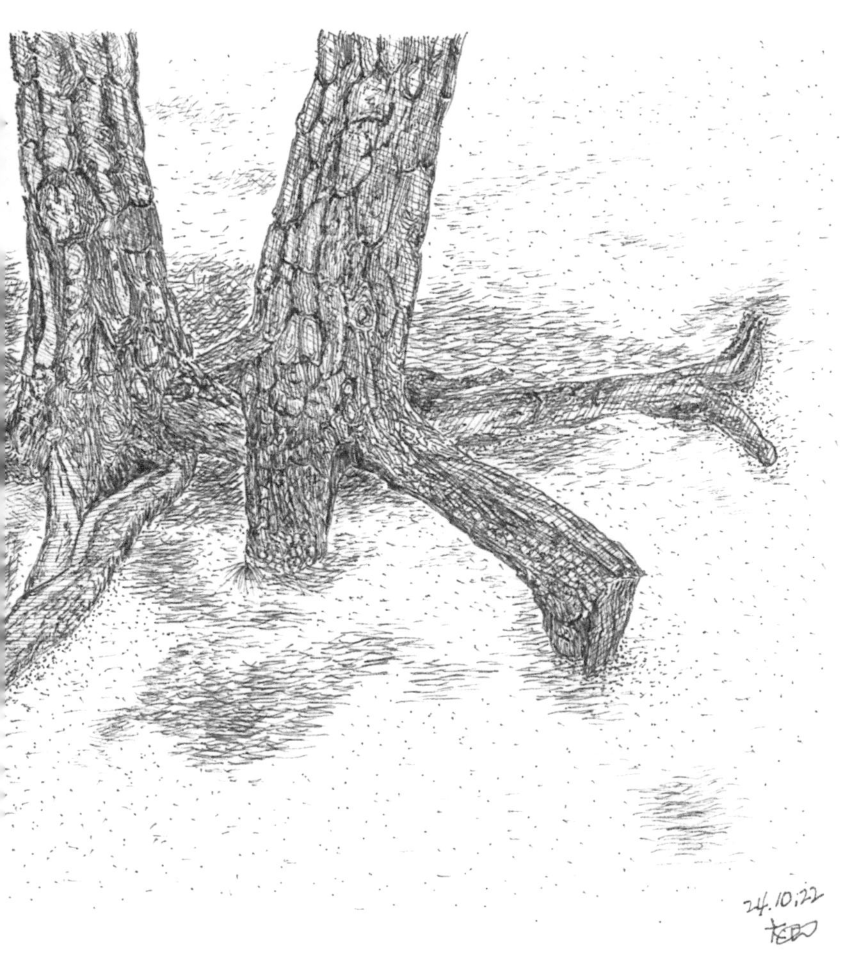

#결혼합니다. 2024년 11월 23일 토요일 오후 2시.

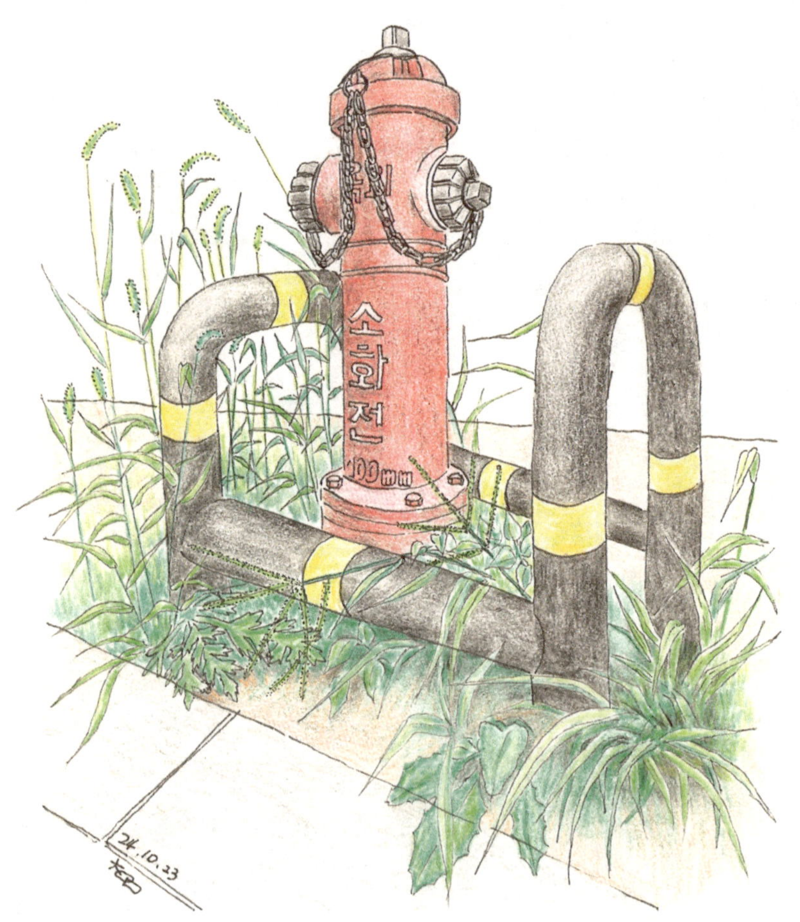
소화전
100mm
24.10.23

수행자의 길

올해는 풀의 흔들림을 배웠으니
내년엔 사람의 걸음을 배워야지

다가오는 누구라도 뿌리치지 말아야지

#무뚝뚝하다고 속까지 딱딱한 건 아니다.

질문 있습니다

만 다섯에 초등학교에 들어갔는데요. 네모 칸이 그려진 공책에 글자를 쓰는 국어 시간에 아버지 어머니 무궁화 바둑이 이런 낱말을 한 칸에 한 글자씩 쓰라고 했거든요. 색연필을 쥔 손이 제멋대로여서 삐뚤빼뚤한 글씨였지만 친구들은 선생님 말씀대로 네모 안에 그림 그리듯 천천히 글자를 옮겨 적었거든요.

그런데 내가 쓴 글씨는 매번 네모 칸을 벗어났고 모양도 반듯하지 않았어요. 그때마다 선생님은 글자를 칸 안에 넣으라고, 밖으로 나오지 않게 쓰라고 지적하셨거든요. 색연필이 잘 미끄러져서 그런 거라고 변명할 수도 없고요. 글씨가 왜 자꾸 칸을 벗어나는지 마땅히 설명할 궁리도 떠오르지 않고요.

당시에는 글자를 모르고 학교에 오는 아이들이 많아서 기역, 니은, 디귿, 아, 야, 어, 여, 이런 걸 먼저 배우긴 했어요. 낱말 쓰기는 그다음 순서였고요. 한글이 조립형으로 만들어진 거라는 걸 익히고 학교에 들어갔으니 낱말을 칸 안에 쓰는 게 재밌을 리는 만무했겠죠. 그렇다고 일부러 금 밖으로 쓰진 않았어요. 고백하자면 몇 번은 일부러 그러기도 했어요. 자꾸 네모 칸 밖으로 글자가 나오지 않게 쓰라는 말이 듣기 싫을 때 몇 번 그랬어요.

틀이라는 말 아시죠? 덫이나 바느질 기계를 말하려는 게 아니고요. 틀이라는 게 어찌 보면 안정적이고 어찌 보면 답답한 건데요. 법도 일종의 틀이고요, 학교도 틀이고요, 가정이나 직장이나 동호회나 사람과 사람이 부딪치는 모든 곳에 틀이 있잖아요.

초등학교 1학년 때는 그냥 칸이었던 것이 나중에 틀이라고 느껴졌어요. 공책 네모 칸을 보면 왜 답답했는지 크면서도 궁금했어요. 사실은 지금도 명확한 이유를 알지 못해요. 네모 안에 글씨를 써야 모양이 보기 좋다는 말로는 궁금증이 풀리지 않았어요. 자꾸 칸 밖으로 글자가 빠져나오는 게 못마땅한 건지, 선생님 말씀에 따르지 않고 반항한다고 생각했던 건지, 매를 통해서라도 쓰기를 교정

하려던 건지, 선생님은 청소함에서 털이개를 가져오라고
했어요. 대나무로 만들어진 털이개였죠.

　학교에 들어간 지 얼마 지나지도 않았는데, 겨우 일곱
살인데, 손바닥 맞을 생각에 얼마나 무섭던지, 털이개를
건네고는 교실 뒷문으로 도망쳤어요. 선생님이 쫓아오고,
앞문으로 해서 교실 안으로 다시 도망가니 또 따라오고,
아이들은 뭐가 신나는지 소리를 지르고, 나는 도망가고
선생님은 잡으러 오고, 한바탕 난리였죠. 결국 교실 세 바
퀴를 못 돌고 잡혔어요. 앞으로 끌려가 손바닥을 내미는
데 얼마나 떨리던지, 눈을 꽉 감았다가 힐끔 뜬 눈으로 털
이개를 바라보는데, 털이개가 손바닥에 닿기 전에 멈추더
라고요.

　맞진 않았는데, 왜 맞을 뻔했는지, 글씨가 엇나간 게 손
바닥을 맞을 일인지, 제도권 교육을 받으면서 계속 궁금
했어요. 세상엔 당연히 지켜야 하는 규칙이 있죠. 톱니바
퀴처럼 맞물려 움직이는 세상에 칸과 칸은 필요하고요.
그런데 그것이 어디까지 작동해야 하는지 궁금해요. 칸이
그려진 국어 공책에도 적용되는 건지, 그림일기에도 적
용되는 건지, 내 생각에도 적용되는 건지, 분명 칸이 자유
로운 세계가 있을 텐데 말이죠. 저항이 아니거든요. 해방

을 바라는 것도 아니고요. 글자가 네모 밖으로 삐져나가도 괜찮은 국어 시간, 하늘을 파란색으로 칠하지 않아도 되는 미술 시간, 병아리 삐약 오리 꽥꽥 강아지 멍멍 이런 거 말고, 노랑이 내는 소리를 찾는다든지, 구름이 신는 신발을 그려본다든지 이런 시간은 왜 없는지 궁금했어요.

털이개로 손바닥을 때리려다 멈춘 선생님이 나중에 우리 집 맞은편으로 이사 오셨어요. 내가 성인이 되었을 때였는데, 초등학교 1학년 때 사건에 관해 물어보고 싶었어요. 글자를 꼭 네모 칸 안에 넣어야 하나요? 묻지 못했어요. 그때도 홀쭉한 몸매였던 선생님이 암 투병으로 더 홀쭉해지셨거든요. 그 모습을 보는데 문득 선생님은 어떤 네모 칸을 만들고 사셨을까? 궁금했어요. 그것도 묻지 못했지만요.

사람마다 크기도 모양도 다른 네모 칸을 살아요. 너무 커서 그게 네모인 줄도 모르고 사는 사람도 있고요, 답답해서 네모를 벗어나려는 사람도 있고요, 그냥 네모에 마음을 맞춘 채 버티는 사람도 있고요.

어릴 적 내가 쓴 글자는 대부분 칸 안에 있었고 일부분만 벗어났어요. 지금 나의 네모는 무엇일까 생각해 보지만 아직 잘 모르겠어요. 네모에 구멍을 내기도 하고 네모를 구부리기도 하고 네모를 높이 쌓기도 하는데, 나는 어떤 모양일까요?

붓글씨는 못 쓰지만 펜글씨는 익혔고요. 지금도 글씨는 휘갈겨 써요. 네모 칸 없는 공책, 네모 칸 없는 마음, 네모 칸 없는 생각 이런 게 좋은데, 눈앞에 네모가 너무 많네요.

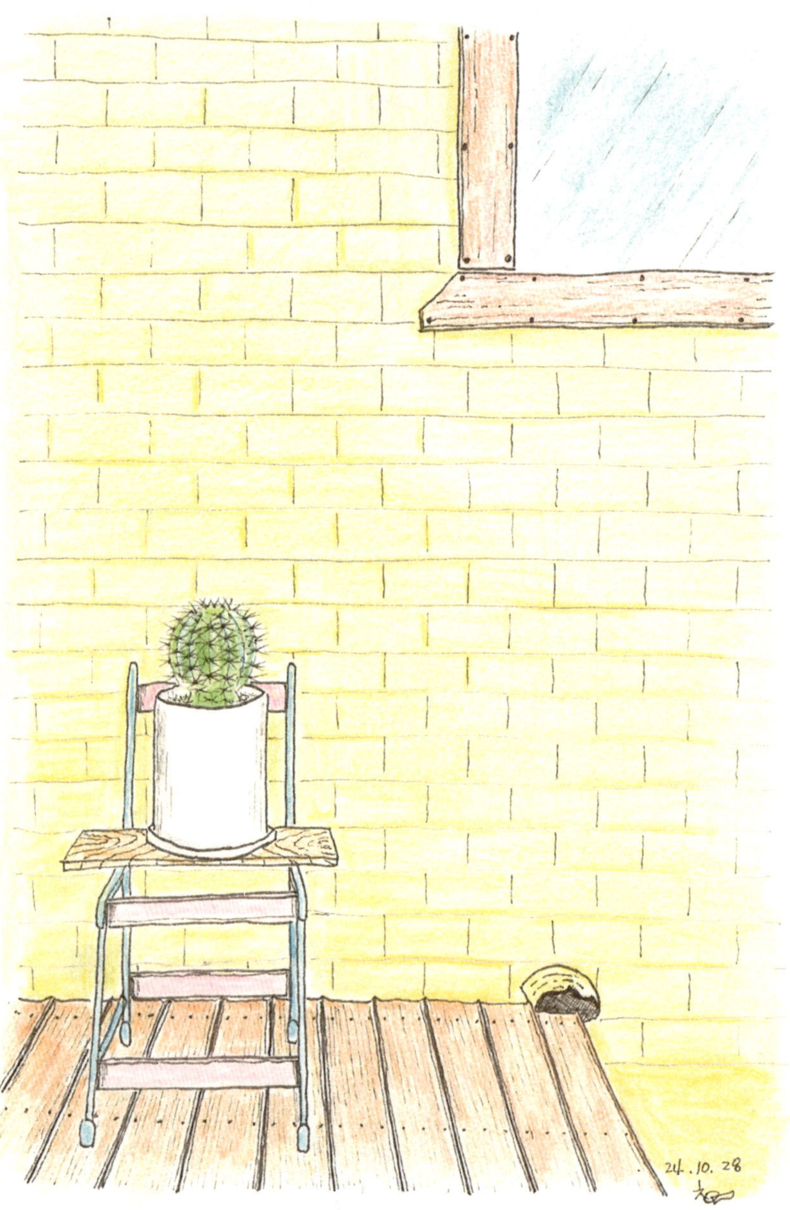
24 . 10. 28

오디션

배경 말고 오롯이 나를 봐주세요

까칠하다고 말하지만
건들지 않으면 찌르지 않습니다

사실 액션보다는 멜로를 좋아하는데요

꽃 피면 그때 다시 올까요?

\#당신이 맡은 배역은 소중합니다.

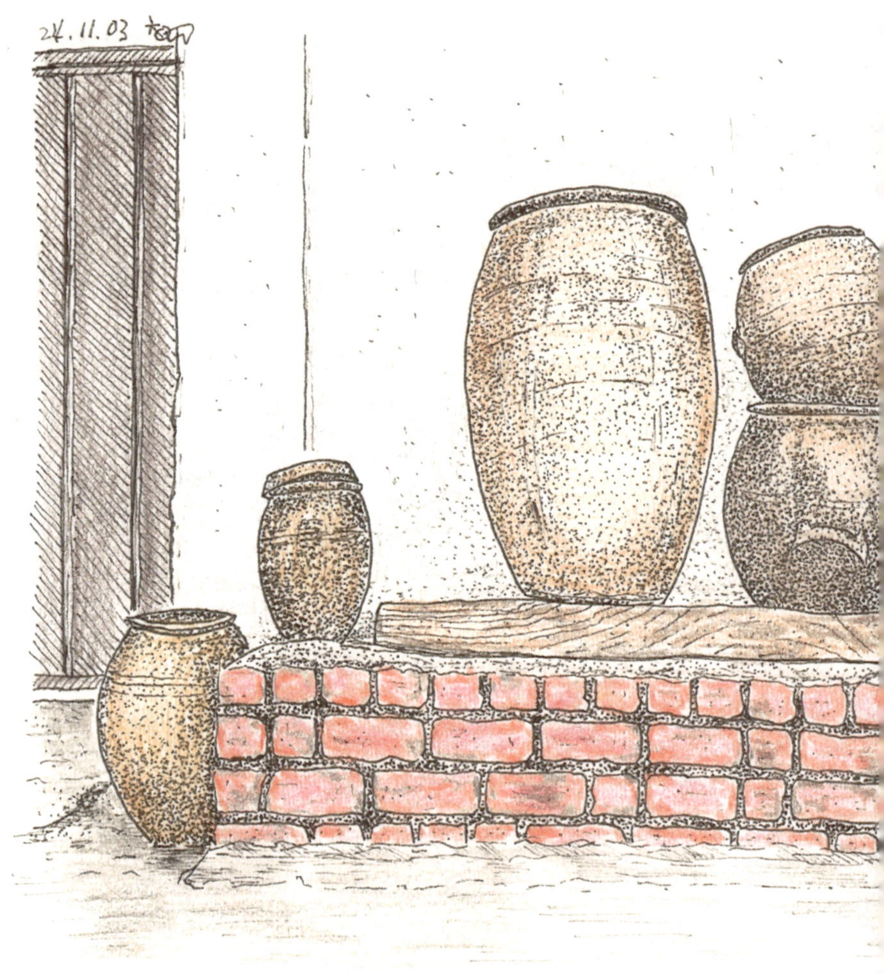
24. 11. 03

맵고 짜고 구수했던 이야기들
꺼내도 꺼내도 끊이지 않는다

알아듣지 못하는 사투리에도 흥이 넘치다가
불쑥 고향 얘기 나오면
한동안 아무 말 없이 하늘만 바라본다

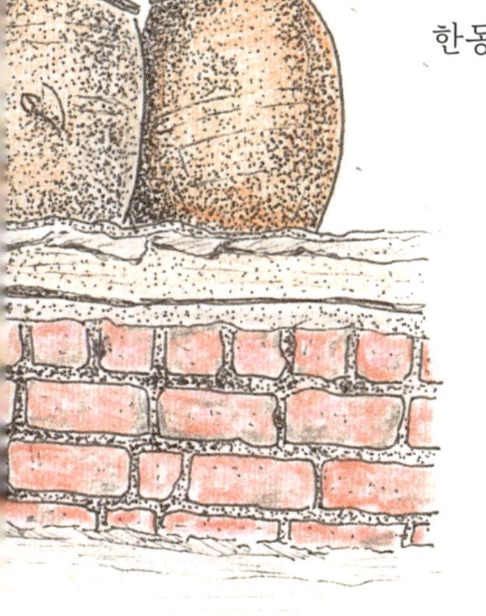

#할머니의 이름을 기억하시나요?

돌아보게 하는

목 근육이 굳어 뒤돌아보기 힘들 때 유난히 뒤가 궁금하다. 몸을 돌리면 뒤는 사라지고 앞만 있다. 보려고 하면 다시 뒤로 가버리는 것이 늘 따라다닌다. 버리지 못하는 물건처럼 지울 수 없는 자국처럼 남들은 모르는데 혼자만 아는 뒤가 있다.

말캉한지 딱딱한지 남들은 정체조차 알지 못하는, 의문스러운 그것. 비밀이라기엔 거창하고 약점이라기엔 소박한 그것. 살아온 자취 같기도 하고 나를 떠미는 방향 같기도 한 그것.

사람에 따라 쉽게 드러나기도 하는 그것. 드러나도 아무 상관 없다는 듯 웃어넘기는 그것. 돌아보며 웃기도 하고 울기도 하는 그것. 추억이라고 정의하기엔 부족하고 지난날이라고 하기엔 가까운 그것.

정월대보름 연줄을 끊으며 당신이 빌었던 소원은 무엇이었나. 일기장에 써 놓은 기호는 무엇을 가리키는가. 지갑에 끼워둔 사진을 꺼내 보는 일처럼 아무도 없을 때 눈동자를 돌려 흘깃 바라보는 것처럼 아주 가끔은 느리게 돌아볼 뒤가 있다. 집착이나 욕심이나 흠집이나 상처 그런 거 말고도, 눈빛이나 쪽지나 목소리처럼 체온이 묻은 것들.

뒤는 따라오기만 하는 게 아니라 등을 밀기도 하고 당기기도 한다. 그림자도 아닌 것이 도덕도 아닌 것이 방향을 간섭한다. 머물지도 못하게 하면서 멈칫거리게 만드는 그것. 울지 말라고 하면서 눈물이 나오게 하는 그것. 나도 있고 당신도 있는 그것. 뭐라고 명확히 말할 수 없는 그것.

|닫는 글|

그림은 그린 순서대로 실었습니다. 화가가 아니니까 못 그린 건 못 그린 대로 마음에 드는 건 마음에 드는 대로 펼쳐 놓는 것도 괜찮다고 생각했습니다. 사람은 다 잘난 면도 있고 못난 면도 있잖아요.

그림이 조금 어설프면 어떻고, 글이 좀 심심하면 어떻습니까. 그림만 떼어 봐도 되고요. 그림 옆에 시만 따로 읽어도 되고요. 시 아래 태그만 따로 봐도 되고요. 세 개를 같이 봐도 되고요. 산문만 따로 읽어도 좋고요.

그냥 마음 가는 대로 이것저것 따지지 말고 아무 데나 펼쳐보세요. 그림은 동네 풍경이 대부분이고요. 몇 개는 동네가 아닌 곳도 있습니다.

이 책이 어떤 무게이고 싶지는 않습니다. 함께 나누는 동안 쉼이 되었으면, 휴식 같은 책이었으면, 그런 마음으로 묶었습니다. 쓰면서 혼자 웃기도 하고 눈물도 훔치고 그랬는데요. 조금이나마 쉼이 되었나요?

세상살이에 무슨 높낮이가 이리도 많은지, 그래도 울퉁불퉁한 것이 밋밋한 것보다는 재밌다고 생각합니다.

이런 울퉁불퉁한 이야기들, 시로 하지 못했던 이야기들, 그리고 사연 많았던 아홉 살의 기억들까지, 이곳에 놀러 와주셔서 감사합니다.

아참, 큐알코드는 후원 계좌입니다. 이 책을 읽고 제 글을 후원하고 싶은 마음이 들면 찍어주세요.

아홉 살 때도 7월 생이고, 지금도 7월 생인

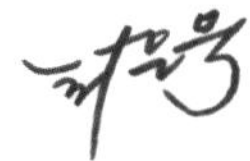

셀라 selah

초판 1쇄 펴냄 2025년 9월 1일

지 은 이 최은묵
펴 낸 이 김경희
펴 낸 곳 시인의일요일

표지·본문디자인 융다
경영지원 양정열

출판등록 제2021-000085호
주   소 경기도 용인시 기흥구 연원로42번길 2
전   화 031-890-2004
팩   스 031-890-2005
전자우편 sundaypoet@naver.com
블 로 그 https://blog.naver.com/sundaypoet

ISBN 979-11-92732-30-5(03810)

값 18,000원

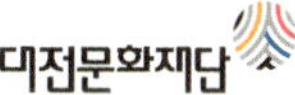

*이 사업은 대전광역시, (재)대전문화재단에서 사업비 일부를
지원 받았습니다.